インディアナ、
インディアナ

レアード・ハント
柴田元幸 訳

twililight

Indiana, Indiana

by Laird Hunt
was first published
by Coffee House Press, Minneapolis, Minnesota.

インディアナ、インディアナ

（夜の暗く美しい部分）

愛しい　恋しいお祖母ちゃん
ヘレン・バーナウ・ハント（一九一二―二〇〇二）に

何と不思議で意外なものたちが
時の岸辺に打ち上げられることか。
——ウィリアム・マクスウェル
『さよなら、また明日』

炎の尾、血の露……
——『ハムレット』一・一

1

ノア――オーパルの手紙、オレンジ色の目――ノアの許に箱が届く――ヴァージルと盗品の映写機――ヴァージル登場、ノアの心が漂い出る――ルービー飛行を語る――鶏小屋――オーパルの手紙、開花――ノアとマックス、さまざまな歴史的考察、ニュー・ハーモニー探訪――五十パーセントの物語――石灰の粉、トウモロコシ、茎の長いバラ――オーパルの手紙、医者と洞窟――ノアが箱を開ける、老婆と紫の壜を思い出す、十まで数えるノアは両手をストーブの火にかざす。もう少しあとになって、あたりが明るくなり、太陽が新雪の青い縁を焼き去りはじめたら、ノアは鋸《のこぎり》を手にとり、小屋を出て、畑の先まで行くだろう。でもいまはまだ外は暗い。そして寒い。ノアは両手を火にかざし、熱くなるまでそうしていて、やがてさっと引っ込めて顔を覆う。指をなくしたすきまからストーブが見え、そのかたわらの低い机の上に、水を張った、欠けた青い鉢が見える。ノアは両手を顔から離して、つなぎの作業服の胸ポケットに手を入れ、ペーパーフラワーをひとつ取り出して、しげしげと眺めてから、鉢にぽとんと落とす。何も起こらない。緑とオレンジの花は、少し膨らみはするものの、やがて、全然開かないまま沈んでいく。ノアは驚いてしまう。つい昨日、マックスが二つ鉢に落としたときには、二人で見守る前でそれらが開いて色も濃くなり水面に広がってあでやかに咲いたのに。ノアはポケットから「日本製高級麗花」の袋を取り出して、眺めてみる。部屋の奥の、切れた電球や使い古しの植木鉢の山の下からマックスが引っぱり出してきた袋は、ひとつの端が鼠に食いちぎられて、中の花もいくつか齧《かじ》られていたが、それ以外はノアが見るかぎりどこも悪いところはない。不良品なんだな、とノアは思う。それとも古すぎるのか。この金と銀の紙袋が届いてから何年か経ったあいだに、油か何かが少ししみ込んで、花をあらかた駄目にしてしまったのか。でも花はすごく小さいので、見ただけではよくわからない。仕方ないな、とノアは肩をすくめ、袋を片付けかけるが、気が変わってかがみ込み、残りの花を全部鉢にぶちまけて、また両手で顔を覆って見てみる。結果は同じ。ただ今度は、水を吸った色とりどりの花が一ダース以上、水面下のいろんな高さに漂っていて、ノアはじきに、望んでいた結果ではないけれど決して悪い感じではないなと思う。ノアは両腕を広げてあくびをする。まだ少し体が冷えているので、あくびとしてはじまったものがぶるっと大きな身震いに変わるが、部屋は暖かくなってきているし顔ももう冷たくはない。ノアはかがみ込んで、薪《まき》の山から木切れをひとつ持ち上げ、ストーブに投げ込む。火花が上がる。新しい薪の周りで炎が立ちのぼるなか、ノアの視線は、青い鉢に漂う紙の残骸と薪とを往復する。冷えた薪は熱をゆっくりと、ほとんど辛抱強く取り込んでいく。オレンジ色の炎がてっぺんに尾根をかたちづくっていき、鉢のなかの色が変わる。色はなおも変わりつづける。明るく、次は暗く、また明るく。

いとしいノア

先週すてきな夢をみました。夢のなかで、あなたがわたしの部屋に、あかるい赤のリンゴを一袋もってきてくれました。すると部屋はあかるい緑の、下り坂の谷間になって、その底に、ここの庭にあるのと同じような、リンゴがいっぱいなっている木が一本ありました。今日空は青くて、治療をうけている最中にじぶんの目が見えました。オレンジ色で、赤い線が六本入っていました。夕方には毎日若い男の人がやってきてわたしたちに本を読んでくれます。本のなかではみんなが海の上にある丘でおどっています。みんな海の上にいます。みんながお面をかぶっています。おどって、腕をふって、みつめあって、それからお面をぬいで、お面をはずすと何もかもあたらしくてみんなだれがだれなのかわからないのですごくすてきです。わたしの目はどうしてオレンジ色だったのかしら。あなたに花をおくります。本物の花みたいなのよ、だって水をやらないといけないんだもの。あなたは何をしているの？　いとしいノア、またみられたらいいなとおもっています、あの夢がまたみられたらと。

元気で　オーパル

ノアは疲れている。冬はいつもよく眠れないし、特に今夜は、マックスが遅くに段ボールの箱を小脇に抱えてやって来たのだ。寝室に入ってきたマックスは、ノアが少しも眠くないまま目を閉じて横になっているベッドにまっすぐ来て、ノアの両手に箱を置いた。そしてにっこり笑って、笑ったまましばしそこに立ち、これに入ってるよ、雪で濡らしたくなかったからねと言って、それ以上何も言わずに部屋から出ていった。何分かしてノアはベッドを出て、作業服を着て、ルービーの古いタンスから黒い布切れを取り出し、箱を小屋に運んでいって、ストーブの火を起こした。少しのあいだただ座って、雪の積もった寒い庭を歩いてきたせいで冷えた体を温めようとしたが、やがて鉢のこと、紙袋に入っていた花のことを思い出し、あれがあといくつか花開いて水面に広がるのを見られたら素敵だろうなと思った。まだ夜はたっぷり残っているのだし、急ぐ用事など何もないのだから。

いまや紙袋はからっぽで、鉢は脇へ片付けられ、ノアは座ってじっと箱を眺めている。箱は彼のかたわら、釘やボルトや使い古しのスパークプラグの山を黒い布で覆った上に載っている。書斎の机の上に置かれた家庭用聖書にも、同じような布が掛かっている。一八六七年刊、大きな活字二段組の挿絵入り欽定《きんてい》聖書には、何人もの筆跡で、ノアの親族の人たちの生年や没年が書き込んであり、ページの終わりにはあと二人くらい書き込める余白が残っている。

ジェームズ・フランクリン牧師　一八三〇―一八七〇
フランク・ケラー大尉　一八五一―一八八五
エロイーズ・フランクリン・ケラー　一八五六―一八八五
メーベル・サッチャー・フランクリン　一八三八―一九〇三
ジョンソン・リチャード・サマーズ　一八七九―一九〇六
ロバート・サマーズ　一八五四―一九〇九
ミニー・ジェームズ・サマーズ　一八五九―一九二一
シルヴィー・アグネス・ケラー・ジャクソン　一八八三―一九五八
ヴァージル・ベイヤード・サマーズ　一八七七―一九六六
ルービー・ルイーズ・ケラー・サマーズ　一八八〇―一九七〇

ナラ、カバ、ヒッコリー、カエデなどの押し葉が旧約聖書部分のあちこちに入っていて、新約聖書の方はどこも、小さなパラフィン紙で包んだパンジーの押し花。黒の革表紙に金の浮出し文字、革にはうねがあり、重さ七キロ半。七十七年前、ノアはこれを秤の上に置きっぱなしにした罰に三時間鶏小屋に入れられた。鶏たちが低くコッコッと鳴いてごそごそ音を立て、羽根がひゅっと舞ってはまた鎮まるのがノアにはいまも聞こえる。現在鶏小屋はからっぽで、コバルト色の広口瓶が何個か置いてあるだけ。全部で七個、窓台に並べてあって、朝に陽が出ると、ゆるやかに下降していく青い光の棒が、トタン張りの壁に映し出される。近ごろノアはそれを見ると、なぜか身震いがしてくる。そしていまノアは身震いする。声たちがやって来たのだ。ヴァージルが喋っている。ノアは箱から手を離して、椅子に深々と座る。

よく聞けよ。これは面白い話だぞ。わしが生まれて初めて映画を観たのは、インディアナポリスから来た二人組が据えたテントのなかだった。カークリンに昔あった屋外市《いち》広場の南の隅にそいつらはテントを据えたんだ。いまニュースを見るテレビの画面と大して変わらん大きさだったし、テントもひどく小さくて一度に五、六人しか入れなかった。広口瓶に五セントを入れて、中に入る。映画は二分くらいの長さで、二人組が交代でクランクを回して映すのさ。片手でクランクを握って、もう一方の手には葉巻。あんなにいい加減な連中は見たことなかったね。わしらにもう少し物事がわかっていたら、こいつらこんな機械のことろくすっぽ知りやしないんだって見抜けただろうが、何せこっちだって何もわかっちゃいない。だからみんな大人しく五セント払って、中に入った。そして映画を観たのさ。全然速度が定まらなくて、速くなったり遅くなったり、クランクを交代するときなんかまるっきり止まっちまったりもしたが、そんなことも気にならなかった。とにかく映画なんだから。たしか庭のホースと格闘してる男がいたのは覚えてるが、それ以外に何が映ってたのかも思い出せない。そんなことも気にならなかったんだ。わしは広口瓶に五セント玉を五枚入れた。あれでもし、警察が来ずに二人が盗品所持で逮捕されることもなかったら、あともう五枚入れてたと思うね。奴らは十日で十の町を回っていた。そのことをわしもあとになってから考えたよ。ああいう機械が盗まれるってことを。二人があの映画を見せて五セント玉をしこたま貯めて警察に追っかけられて誰もが生まれて初めて映画を観たってことを。考えてるうちに、何だかだんだん、機械から飛び出していたのは五セント玉そのものであって、一枚一枚、あの光の筋を通って真新しい硬貨が刻まれていったような気がしてきた。まあそれはあとで思ったことだがな。あれこれ考えたのは全部あとになってからさ。そのときはただ五セント払ってテントに入っただけだ。席があって、座って、みんなお喋りしていて、それから静かになって身を乗り出す。二巡もすると、テントじゅうあのクランクが回る音と、自分の息以外何も聞こえなくなる。まるで、目の前の白い四角いカンバスの上で、世界がもう一度はじめから生まれ直してるみたいだったよ。

ヴァージル――父親、パパ、親爺。結婚して農業をはじめるまでは学校の教師をしていて、パーティーや社交クラブの常連だったし、どこかで何か議論が行なわれればかならず顔を出した。本人が何度も語ったように――語りながら破れて黄ばんだプログラムを振り回したものだが、保存を考えてやがてプログラムは引退させざるをえなかった――ある時にはゲイクラブの会合に呼ばれて、自ら「古典文学ヲ調和ノトレタ適切ナ形デ学ビ就中《なかんずく》羅馬《ローマ》ノ文人ニ重キヲ置キ希臘《ギリシャ》文学ヘノ秀逸ナル注釈ニ着目スルコトノ明白ナル利益」と題した講演を、郡行政委員、フランクフォート町長、カークリン高校校長らの聴衆を前に行ない、十五ドルの講演料を受けとった。ヴァージルはまた、インディアナ大学で三学期間学んだ体験にも事あるごとに言及した。大学在学中に、昔ながらの弁論家の流儀どおり、話すことへの情熱を育んだのだと述べた。

我々人間はみな――とあるときヴァージルは言った――いくつもの層から成っているんだ。岩の層とか、閉ざされた系においてそれぞれ分離した種々の液体とか、スペクトルにおける原色などと似ているのさ（ほらごらん、見えるかい？　きれいだろ？〔台所の食卓の上、ノアの目の前に突如長さ十五センチの虹が出現する〕）。あるいは、インディアンの埋葬塚を形成する、さまざまにきめの異なる土の重なりでもいい。お前もいずれわかるだろうが、人間はみな、喋るよりずっと長い時間を沈黙して過ごすことを強いられている。喋ることは、それを補完する上で必要欠くべからざる行為だとわしは思うのだよ。

喋る。喋らない。ヴァージルは両者のあいだを行き来していたが、やがて晩年の何年かはまったく何も喋らなくなった。ノアにとってそれは、大半の層よりずっと深い層にヴァージルが落ちてしまったかのように感じられた。そしていまノアも、もともと口数の多い方ではなかったところへ持ってきて、やはりほとんど喋らなくなった。時たまマックスと話しはする。時たま独り言を言いもする――長々とした、不快な会話を、声に出して、闇のなかでくり広げる。ノアとしてはマックスと話す方が楽しい。あるいは猫たちと。

猫たちや、とたとえばノアは言う。猫たちや、こっちへおいで。一緒に座ろう。そばに来なさい。

だがたいてい、ノアは聞く側に回っている。マックスの話を聞き、猫の声を聞き、ラジオを聞き、ますます頻繁に頭を満たすようになってきた声たちを聞く。時として声たちはものすごく大きく耳障りで、聞いていてノアはすっかり目が覚めてしまい、気分までいくらか悪くなってくる。またあるとき声たちは穏やかで、ゆったり大きなカーブのような響きがあって、母のルービーがシルヴィー叔母さんの家の蓄音機でよくかけたフレンチホルンのレコードを思い出させる。そうやって叔母さんの家へ母と一緒に行ったのは、もうずうっと、ずうっと前のことだ。フレンチホルンが聞こえてくると、ノアの心は漂い出ていく。

ノアの心は漂い出ていく。

国の真ん中にあるインディアナの真ん中にある郡の真ん中にある農場の北側の小屋の北の端にあるガラクタだらけの部屋を出て、長くて暗い廊下を抜け、明るい色に塗ったドアの方へ。最近はよく、眠りに入っていくさなかに、そういった、じわじわと加速していく世界が目の前を流れてゆく。最近はよく、そうやって世界が流れてゆくなか、自分が何かひどく古い乗り物に乗せられているような気がしてくる。その乗り物は、ノアの望みとはまるで無関係に、疾走をはじめる態勢を整えている。

あんたの父さんは飛行機に乗ったことがあるんだよ。あたしはないけどね。乗りたいとも思わなかった。郡の市《いち》でどこかの若い男が商売をやっていたんだよ。明るい赤色の飛行機で、胴体には何か青いものの絵があって、エヴァンズヴィルから来たその男は両方の翼に黄色い字で「航空命《いのち》」なんて書いていた。あんなの嫌ですよってあたしは父さんに言ったんだけど、あれが本気かどうか見てやろうじゃないかって父さんが言うから、それってどういうことなのって訊いたら、父さんたらあたしにキスして、しーっ、ルービーって言って相手に一ドル渡したんだよ。ゴーグルを着けたその若い男は、奥さん、ご亭主は帰ってらしたときには別人に生まれ変わっていますよなんて言うから、どうでもいいわよって言い返したけど、まあたぶんそのとおりだったね。あのあとの父さんときたら、ほんとに——そのあと何週間もずっと、誰彼構わずつかまえて、俺は天国に行ってきたんだぜ、すごくきれいで、なぁんにもなかったね、存分に見てきたぜって言ってたんだよ。

寒かった？
いや。
暖かかった？
いや、暖かくもなかった。
じゃあどんなだったの？
鳥になったみたいだった。
どんな鳥？
タカ。ワシ。ツバメ。ハト。ノスリ。ツグミ。コマドリ。ミソサザイ。

いとしいノア

今日お医者さまに、わたしの頭のなかで何もかもが花咲いていますとおはなししました。ハナミズキとハナズオウが咲いていました。クラブアップルの木、サクラの木、スモモの木も花を咲かせていました。ケマンソウが咲いていました。白と青と黄のスミレが咲いていました。ニオイベンゾインが咲いていました。洗濯ロープのはじにあるヒッコリーの切り株のそばのアジサイも青く咲いていました。家の庭の花だんに二人で植えたチューリップの球根も咲いていました。家の庭の花だんぜんたいが咲いていました。火事のまえの、わたしたち二人がまだいたころの家ぜんたいが咲いていていてわたしたちも咲いていていました。

元気で　オーパル

ノアの心は漂い出る。やがて漂いは止まる。ノアの目が開く。ノアはまばたきする。猫が一匹、箱の上に座ってこっちをじっと見ている。猫に見守られながらノアはかがみ込んで、薪をもう一つ拾い上げて口の開いたストーブに投げ込み、それからまた椅子に寄りかかる。

猫や、とノアは言う。お前ずいぶん痩せてるねえ。

マックスはこの猫をエジプト猫と呼んでいる。マックスはいろんな国に旅行したことがあるのだ。

長いあいだ——とマックスはある晩、二人で庭を散歩している最中に言った——旅行することだけが落ち着ける手段だって気がしていたんだ。あんまりひとところになじみすぎるのはどうも座りが悪いように思えて。

座りが悪いって？とノアは訊いた。

何て言うかなあ、とマックスは言った。そんなに考えた末にやったわけじゃないんだ。とにかく動きつづけたんだよ。世界の裏側まで行ったり、同じ州のなかを動くだけだったり。旅行はよくした？

あんまりしたいと思ったことないね。いっぺんみんなとケンタッキーまで出かけて、それからもういっぺん行った。一回、遠くまで散歩に行ったこともある。そういうのって勘定に入るのかな。

どこまで歩いていったの？

ローガンズポートまで。

いつのこと？

あんたが生まれる前だよ。

けっこう遠いよね、ローガンズポートまで。

うん遠かったよ。

ノアはそのときのことを考えてみた。キャンプファイヤーを見た。暗闇をコウモリが飛ぶのを見た。がっしりした綺麗なウェートレスがいる食堂を、陽だまりを、町はずれに並ぶ貧しい灰色の家並を見た。

どんな感じだった?

ノアは答えなかった。マックスは問いをくり返さなかった。代わりに、いまどこか行きたいところはある?と訊いた。

ノアはマックスの顔を見た。

どういうことだい?

だからさ、もし行けるとしたら、どこか行きたいところはある?

どこかに連れてってくれるってことかい? 遠出とか、そういうこと?

うーん、どうかなあ。よくわからないよ。遠出ってやったことないしなあ。少なくとも、自分がやったことを人からそう呼ばれたことはないね。

ノアはくっくっと笑った。マックスもにっこりした。それからノアが、一か所あるよ、行きたいところ、と言った。

どこなの?

ノアは立ち上がって、部屋を出ていき、かなり長いこと戻ってこなかったが、やがて封筒をひとつ持ってきてマックスに渡した。

中を見ろってこと？

いまあんたに渡したわけだろ？

マックスは中身を引っぱり出した。手紙が一通、絵葉書が一枚。絵葉書には生垣の迷路と、巨大な納屋と、青い川の曲がり目と、屋根のない建物が写っている。

あいつが何て書いてるか読んでみなよ、とノアが言った。

マックスは読んだ――

いとしいノア

やっと約束どおり、みんなでニュー・ハーモニーへ旅行にいってきました。とてもキレイなところです。天井のない、床が草の教会があって、みんながうたっているあいだにわたしは空をよぎっていく雲を見上げていました。すごくたのしかったです。天使が立った岩を見て、ウォバシュ川のほとりですごくおいしいコーンドッグをたべました。迷路もあってすごくおもしろいんだけどわたしはすぐには出られずころんでしまいました。でももうぶじかえってきました。車を洗うのをやめられなかった男の人が亡くなりました。もう寿命だったんだとおもいますがやっぱり気のどくにおもいました。車に洗剤をぬりながらいつも口笛をふいていました。

元気で　オーパル

ニュー・ハーモニーに行きたいの？とマックスが言った。

ノアは肩をすくめた。

マックスは立ち上がった。

六時ごろ迎えにくるからね。

気持ちのいい一日だった。暑かったけれどマックスの車にはエアコンがついていたし、道路にはほとんど何も通っていなくて車は快調に進んでいった。八時少し過ぎにテレホートを抜け、ヴィンセンズで止まってコーヒーを飲み、早めの昼食をとった。ノアはヴァージルの古い本を一冊持ってきていた。マーガリート・ヤング著、『森の中の天使』。七面鳥の脾臓のランチを食べながら、マックスが本を読み上げた。ハーモニー会について、次にやって来たオーエン会について。そしてそれぞれが、ウォバシュ川の岸辺において、ユートピアの夢実現をめざす十九世紀アメリカの機運に対して果たした貢献について。

けっこう詩人だね、このマーガリート・ヤングって人、とマックスが言った。

ヴァージルもいつもそう言ってた。

ヴァージルとルービーもニュー・ハーモニーに行ったことあるの？

教会の旅行でね。修繕する前に見たんだよ。ルービーはわりとがっかりしてたな。

マックスとノアはがっかりしなかった。青空から太陽が照りつけ、澄んだ美しい光を修復された建造物や、きれいに刈り込まれた生垣や、傾きかけた墓標に浴びせていた。白鳥やマガモのいる緑の池があったし、夕食を食べたレストランも素敵だった。二人でウォバシュ川まで降りていって、まさにマーガリート・ヤングが書いているようなシギを見た気がした。巨大なスズカケの木陰に立っていると、若い男女を何人も乗せた筏《いかだ》が漂っていった。そのあと、屋根のない教会にだいぶ長居して、ガラスのない窓から外を眺めたり、ぼんやり空を見上げたりした。天使がかつて立ち、聖なる共同体を始動させたという岩にはノアもマックスもそんなに感心しなかったが、小さな迷路は二人とも楽しんだ。これにはきっと何かこつがあるにちがいない、ということで意見が一致した。

あいつがどこでつっかえたか見当がつくよ、とノアは言った。

転んだのはどこかな？

それから町を散歩して、ウィンドウに飾られた陶磁器を眺め、コーヒーを飲んでパイを食べた。

もういい？とマックスが言った。

ノアはうなずいたが、本当はもう少しと思っていた。頭ではまだ生垣の迷路のなかを歩いていた。マックスが説明してくれたところでは、この迷路は何よりもまず現世での人間の煩悩《ぼんのう》や宗教的苦難を象徴するものであって、誰かを閉じ込めようとかいうつもりで作ったものではないということだったが、二人ともこの目で見たとおり、その可能性は間違いなくある。マックスと車の方へ向かいながら、ノアは考えるのをやめられなかった。閉じ込められること、ピクルスにされて瓶に入れられたみたいになってしまうこと。そして、人の心なんてすごく大きなピクルスの瓶みたいなものだということ。もちろんそれをいえば、自分の心なんてまっさきにそうだが。

来てよかったよ、きれいなところだね。あいつが気に入ったのもわかるよ、とノアは言った。ノアが頭のなかで何度も何度も迷路を歩く一方、車は夕暮れへと入っていき、ゆるやかにうねるあたりの景色は見るみる、青と茶と灰色が切れ目なしに温かく溶けあう場に変わっていった。そしていま、寒い、ストーブを焚いた小屋に座ったノアは、その眺めを快く思い描いている。

同じように、椅子の背に寄りかかって脚をのばしながら、マックスが旅している姿をノアは快く思い描いている。ウォバシュ川のぬかるんだ岸辺を歩くマックス、国から国へと長い脚に運ばれて見知らぬ山をのぼり見知らぬ街を通り抜けていくマックス。旅先でマックスが自分で撮った写真や人に撮ってもらった写真をノアは何枚か見たことがある。ランタンに照らされた薄黒い川。串刺しにされて焼かれている大きな猫の前でニタニタ笑っている二人の小さな男の子。長い金色の橋のたもとにたたずむマックス。ぎらぎら照りつける太陽の下でピラミッドのかたわらに立つマックス。切妻《きりづま》が崩れかけた古い屋敷の前に立つマックス。インディアナ北部の病院のベッドのそばにいるマックス。ちょうどいま膝の上にのぼってきてノアをじっと見ている猫とよく似た猫がカイロの街にはいるし、昔のエジプトにもいたのだとマックスは言う。特別な場合には、そういう猫を埋葬するために小さなピラミッドを作ることもあったが、そうしたピラミッドはもうみんなずっと昔に砂に埋もれてしまったとマックスは言う。

ヴァージルはエジプトのことを知っていた。少なくとも本人はそう言っていた。エジプトの王様の話をノアに聞かせてくれた。ワニが黄金を吐き出し大いなる川を肥沃にしてくれるようワニの餌にされる王を別として、王様は霊廟《れいびょう》に埋葬される。そうした墓のうちいくつかは小さなピラミッドと同じで砂に埋もれたり山に隠されたりしたが、いくつかはいまも時たま発見されるのだとヴァージルは言った。

いまも見ることができる王たちの人生のかけらひとつに対して、もはや見えなくなったかけらが何千とあるのだとヴァージルは言った。しかもそれは、ただ単に物が物理的に見つからないってことの副次的な帰結じゃない。ここに一本の骨があるとして、お前はそれをただの、さんざん嚙まれた豚の骨だと思い込んでしまい、一生両手に抱えたところで、実は自分の祖先の過去の情けない生を伝えるものを見つけたってことに全然気づかんかもしれないし、かりに気づいたところでごく部分的にかもしれないし、あるいはまるっきり見当外れなことを考えるだけってことも大いにありうる。

だけどもしそれがただの豚の骨だったら?

そしたらそれはただの豚の骨だってことさ。でも考えてみろよ。それでもすごく不思議な話じゃないか。

ノアは考えてみた。そうやって考えてみながら、しばらくのあいだ骨を集めてもみた。雀、鼠、リス、ホリネズミ、シマリス、仔羊、コマドリ、犬、オポッサム、アライグマ、カラス、鳩、鹿、ヒワ、猫、魚、兎、豚、ライオン、キツネザル、カワウソ、サイ、ガゼル、ハイエナ、象、半獅半鷲《グリフィン》、一角獣《ユニコーン》、九頭蛇《ヒュドラ》、半馬半鷲《ヒッポグリフ》、不死鳥《フェニックス》（正体不明の肋骨をノアが赤く塗った）。

そうやって骨を集めていたが、やがてルービーに箱を見つかって（ヴァージルに手伝ってもらって「不思議な骨」とラベルが貼ってあった）、骨というものはいったん体から離れるともはや清潔ではないのだと聞かされた（ノアは箱に両手をつっ込んでいるところをルービーに見つかったのだった）。

どれかひとつ見てみる？

いいえとんでもない。

ほんとに？

ほんとよ。

骨って清潔じゃないの？

骨は不潔だって言ったのよ。

人の体のなかにある骨は？

ノアは背中に回していた両手を前に出して開き、雀の頭蓋骨と、一部つぶれている翼とをルービーに見せた。ついその日の朝に、ヴァージルは一方を「帝国」と呼び、もう一方を「その困惑せる退却」と呼んでいた。

ルービーは何とも答えず、両手を腰に当てて立ち、ノアが持っている華奢な白い構造物を、疑わしげに顔をしかめながら見ていた。じきにそれもやめると、一、二度首を横に振って、骨をすべて、箱もろとも、炎を上げている薪の山のところへ持っていくようノアに言いつけた。

ルービーには言わなかったが、ノアにはほかにもいくつかコレクションがあった。たとえば、緑色の印がついた紙切れのコレクション。虫の死骸。古時計の部品。本や雑誌のカラー挿絵。新聞や古い小説から切り抜いた、いろんな変わった話。ヴァージルはそれらの話を「五十パーセントの物語」と呼んだ——

城壁の下でくり広げられた、いつにも増して烈しい闘いののち、皇帝はローマ人カレドニア人を問わずすべての死体の周りに輪を描くよう命じた。皇帝の言いつけどおり、将校たちは百の山羊革の袋のうち五十に黒い灰を、五十に赤い酸化鉄を詰めて持ってきた。輪がひとつ描かれるたびに、中の死体は運び去られた。翌日、視察に訪れた皇帝は、四分の三以上の輪がほかの輪と部分的に重なりあっていることを見てとった。そしてもし注意して見るなら——と皇帝は死の間際に書いている——それぞれの不完全な輪は、ほかの輪からいかに遠く離れていても、それらほかの輪の何らかの要素によってその存在を暗示されていることが見てとれたのである。

五十パーセントとは物語のうちせいぜい五十パーセントしかはっきりしないってことだ、とヴァージルは何度かノアに説明した。時には、その五十パーセントすら聞き手や読み手はすぐにはわからない。けれどもその五十パーセントは、たとえわかるのに人生の半分かかってしまうとしても、本当にそこにあるんだとヴァージルは言った。観察と実験を通して、ノアもヴァージルの五十パーセント物語のいくつかに関し、まさにその通りだと確認した。たとえば、ある秋の日の午後にヴァージルが台所で倒れたとき、ノアはルービーが文句を言うのも聞かず、ヴァージルの周りに石灰の粉を撒いて細長い輪を作った。やがて色あせて消えるまで輪がそこに留まっているようノアは目を光らせた。そして、ある晴れた冬の朝に今度はルービーが亡くなると、ルービーのベッドの周りにトウモロコシの粒を楕円形に撒いた。数年の間隔をはさんだ、部屋を五つ、廊下を二つはさみ階もひとつ違った二つの死。ノアもそれらの位置関係に関して、すぐには何の暗示も見出せなかった。ところが二か月前、ローガンズポート郊外にある療養ホームのベッドのかたわらで、オーパルのベッドのへりにそって茎の長いバラで長方形を作って実験を拡大することによって、ヴァージルとルービーが実は、ほとんど並んで抱きあうようにして死んでいったことをノアは知ったのだった。

いとしいノア

二人で洞くつにいったときのことをおぼえていますか？　洞くつの地面までおりていくと天井からぽたぽたたれていてそのぽたぽたがひっそりしずかなときもあれば石だったときもあったことをおぼえていますか？　たれたものがときおり地面からわいてくるのがわたしはすきです。ほんとにわいてくるのじゃないことはわかっています。でもそれもありうる感じがすきなんです。わたしが何のふりをしたとおもいます？　お医者さんに、わたし、ふりをしてるんですっていったのよ。二人で洞くつにいるふりをしました。わたしが天井にいてあなたが下にいるふりをしました。わたしがにっこりわらうと、その笑みがあなたの頭の上にたれてわたしを引きのばしてくれてあなたもいっしょに大きくなったのです。それから今度はわたしが大きくなってあなたがのびました。わたしはお医者さんにいいました。わたしたちの頭がおたがいの上にたれたんですとわたしはいいました。お医者さんはそれをカルテにメモしました。それはぜんぜんおかしいことじゃないよとお医者さんはいって、かんごしさんにいってわたしにミルクを持ってこさせてくれました。そういうことをかんがえるとたのしくなるのかい、それともかなしくなるのかいとお医者さんはききました。わたしはわらってしまいました。立ちあがっておどりたいですとこたえました。わたしたちはもうこれで一本の柱なんですとお医者さんにいいました。

元気で　オーパル

ノアはさっき箱を開けた。面を取り出して、箱を脇に押しやり、面を黒い布の上の定位置に据えた。そして面を手にとり、また降ろして、あちこちいじったり指でつついたりしてみた。しばらく面をぼんやり見つめて、それから、マックスと二人でくっつけたもろもろの飾りのせいで目鼻がすっかり見えにくくなっているとはいえ、それ以上見つめることに耐えられなくなって目をそらした。いまでもまだ、この面を見ると、自分の顔と――何とか「縁を切りたい」と思っている顔と――じっと睨めっこしているような気になってしまう。新しい顔に古い顔、とノアは胸のうちで思い、それから声に出してそう言ってみる。言葉は次第に形を帯びて、六十年以上前の暖かい春の晩に変わっていく。

畑仕事を終えたノアは、玄関ポーチに裸足で座ってブーツを掃除しながら、台所から揚げ物のいい匂いが漂ってきて彼を家のなかに引き入れるのを待っていた。と、その老婆が現われてリュックサックをどさっとノアの前に降ろしたのだった。

もうじき夕飯なんだろうね、と老婆は言った。

小柄な、灰色の巻き毛をきっちり整えた女で、指は曲がり、リュックをしょって田舎を歩くには歳をとりすぎているように見えた。

何かご用ですか？とノアは言った。

あたしの売り物ちょっと見てみるといいよ、と老婆は言った。よかったらご自分と、台所にいる奥さんへのプレゼントに何かお買いになるといいよ。

ヴァージルとルービーの所有地の西の端に立つ、この小さな家の玄関に物売りが来るのは、これが初めてではなかった。ひとつならぬ品が、高すぎる値段で家のなかに入り込んでいた。これは見過ごしておけないと判断したヴァージルから、一言言われてもいた。

お金はないんです、とノアは言った。

ほんとかい？と老婆は言った。さっきリュックを開けた彼女の両手には、壜が一本ずつ握られている。紫のガラスでできた壜で、明るい色のラベルが貼ってある。老婆は壜をひゅっと振ってから、ノアの鼻先で踊らせてみた。

何です、それ?

さあて、何ではないだろうね?と女は言って壜を前後に泳がせ、何度も前後左右に交叉させた。

使えるお金はないんです、とノアは言った。

じゃあ、失礼なって思わないでほしいんだけど、自分のお金の使い方をあんたが自分で決められないんだったら、あたしとしても中にいる奥さんと話した方がいいかねえ。決めるのは奥さんなわけだよね。

いま夕飯を作ってるところなんです。

匂いでわかるよ、と老婆は唇をなめながら言った。

いくらなんです?

一本たったの五セント。

それって水以外に何か入ってるんですか?

老婆は一本の壜を下ろして、もう一方の蓋を外した。そして壜をノアの鼻先に突きつけ、嗅いでごらんよ、と言った。

きれいですね、とノアは言った。

調合薬だよ。飲んでもいいし、腕にすり込んでもいい。これで床を掃除する人もいるし厠《かわや》の臭いをよくするのに使う人もいる。奥さんなら有難味がわかるよ。ほかにもいろいろ、女ならではの使い道があるんだ、あたしが奥さんに教えたげるよ。

老婆は片目をつぶってみせた。

夕飯を作ってるところなんです、とノアは言った。

フライドチキンの匂いかしらね。

ノアは五セント玉を一枚引っぱり出した。

一本もらいます、とノアは言った。

二本で六セントだよ。

ノアは首を横に振った。

ほかもまだいろいろあるよ、と老婆はリュックの方を指しながら言った。物だけじゃない、仕事も請け負うんだよ。

もう中に入らないと。どうもありがとうございます。

新しい顔に古い顔は？

ノアはすでに立ち上がって、去りかけていた。彼は足を止めた。

え？

老婆はリュックに手を入れて、石膏の袋を取り出した。

型を取ってあげるよ。その型から、お面を作る。あんたのでも奥さんのでも、二人両方でも。そうすればあんたたち、きれいな若い顔を永久に保存できるよ。

いくら？

五十セント。七十五セントで二人とも型を取ってあげる。

ノアは声を上げて笑った。

老婆は肩をすくめた。

新しい顔に古い顔ってどういうこと？　わからないな。単に客の気を惹くための科白《せりふ》だよ。

べつに意味はないの？

老婆は肩をすくめた。あるかもしれないけどさ。

まあとにかくありがとうございます、とノアは言った。

まあね、と老婆は言った。

ノアは紫の壜を手に家に入りかけたが、そのときふっと頭に、二つの面のイメージが浮かび上がった。二人それぞれに合わせて、巧妙に作られた面。ただ、面に再現されたその顔は――彼らの顔は――老いていた。ものすごく老いていた。ノアはふらっとよろめいて、戸口に倒れ込んだが、体勢を立て直して老婆の方に向き直った。

だが老婆はもういなくなっていた。


生涯のうち悩みがとりわけ深かった時期に、ノアは一から十まで小さく声に出して数える習慣を身につけた。何度も何度も、数たちの澄んだ小川が頭を満たすまで、唱えるのだ。

一から十までってのは悪くない広がりだよ、とヴァージルがあるときノアに言った。こっちの好きなように長くも短くもなる、いい按配《あんばい》の幅さ。一と言って、息を吸う。二と言って、息を吸う。そうやってなじんでいくのさ。

ノアはなじんでいる。

ノアは面を見る。

数える。

息を吸う。

声と息の周りで、部屋はひどく静かになる。

面を見ながら、ノアは寒い、小さくぱちぱち鳴っている部屋に向かって数を唱える。唱えるのをやめると、エジプト猫が膝の上に座って居眠りをはじめる。ノアはそのたっぷりした毛のなかに手を滑り込ませる。猫はゴロゴロと喉を鳴らす。ゴロゴロと、太く、ゆっくり喉を鳴らす。しばらくするとノアは、いままでにもよくあったことだが、柔らかくて温かい機械を膝に載せている気がしてくる。

さぁて、ちび猫や、とノアは言う。お前は何か自分について、面白い、並外れた物語を持っているか？　いまここで何か特に伝えておきたいことは？

猫はもぞもぞ体を動かし、伸びをして、あくびをし、また身を落ち着ける。

この猫に何かの死骸を最後に与えたのはいつだっただろう。兎だか、リスだか、鳥だか。ノアは思い出そうとしてみるが、思い出せない。

ごめんな、とノアは言う。

猫は何も言わない。

お前に何か見つけてくれるようマックスに頼んでやるからな、とノアは言う。じゃなきゃ俺が自分で見つけてやる。

猫はノアの顔を見上げ、もう一度あくびして、それからゆっくり目を閉じる。

まあマックスが何か見つけてくれるさ。心配するな。俺が頼めばやってくれるとも。まあ待ってなさい。猫が肉を欲しがってるんだよ、そうマックスに言ってやる。メモを書くことにしよう。

2

ノア郵便を配達する——緑色の印——オーパルの手紙、入浴、バスに乗って人工の丘へ行く——ラジオ番組、肉包み紙、ノア・マクシミリエン・サマーズ、ヴァージルと羽根つきボア、薄い黄色の化粧ダンス——ノアの幻視、時計、ルービーの回想——時を抹殺すること——議論、昇っていく肯定——オーパルの手紙、電気——ノアとヴァージルがにっこり笑い、笑うのをやめる、ミスタ・フィッシュ——オーパルの手紙、腹話術師ずっと昔、ノアは仕事を持っていた。

　それは気持ちのよい仕事で、やっていて楽しかったが、のちにヴァージルが言ったように、当時ノアの調子は最良ではなかった。仕事は長く続かなかった。

大変申し訳ないんだが、と郵便局長補佐は、戦時中に短期間郵便配達に携わったノアに言った。何件か苦情が来ているんだ。何件も苦情が来るのはまずいんだよ。合衆国郵便をおもちゃにされては困るんだ。もうすでに君の父上にはご説明したんだが。

その仕事はヴァージルが話をつけてきたのだった。ヴァージルはフランクフォートに住むハンク・ダンと知りあいで、ハンク・ダンが郵便局長と知りあいで、ヨーロッパと太平洋で生じている事態のせいで配達夫を数名求めていた郵便局長が手はずを整えてくれたのである。
最初の何日かは、もう一人がノアと一緒に乗った。字が読めなくても、すごくゆっくりしか読めなくてもべつに構わんさ、とその相棒は言ってくれた。郵便はもう全部順番に分けてあるんだから、誰がどこに住んでるかさえ覚えれば――というかそれはもう知ってるわけだよな――何も問題ないさ。

一人で配達に出た最初の日、ノアはトラックを走らせて野原をつっ切り、時おり車を停めては外へ出てそのへんを歩き、郵便を持っているだけでは十分でないことを――郵便配達夫であるためには郵便を配達しないといけないことを――少しのあいだ忘れてしまうのだった。

配達ルートに入っていた一軒の家の前で、ノアは車を降りた。郵便箱に郵便を入れた。蓋を閉めたときに金属の掛け金がかちんと鳴る音が快かった。ノアは蓋を開けた。郵便をもう一度取り出し、鞄に入れて、車を出して走り去った。

二軒の家には、寄るのを忘れた。

ウィルソン家では、表の花壇の石の下に郵便を入れた。

こんにちは、とノアは言った。

こんにちは、とトンプソン家の人たちは言った。みんなで昼の食卓を囲んでいる最中で、ノアは何も言わずに彼らに混じって席についた。昼食はミセス・トンプソンの焼いたヒレ肉と、こってりと美味しい肉汁だった。ノアはその匂いを、二匹の大きな犬が哀れっぽく鳴きながら玄関の前をぐるぐる回っているポーチで嗅いだのだった。

郵便持ってきました、とノアは、食べ終えてから手紙を掲げた。

そのようだね、ノア、とミスタ・トンプソンが言った。

そういうのは郵便を届ける正しいやり方じゃないんだ、とヴァージルはその日の晩に言った。というか、何をやるにしても正しいやり方じゃない。お前また、予備の部品なくしたみたいなふりをする気か?

ノアはにっこり笑って、何とも答えなかった。代わりに、白い家々が周りの畑よりほんの少し持ち上がって建ち、納屋や物置や切り株の並ぶ牧草地に囲まれているさまに思いをめぐらした。家々が道路を介してつながっていて、道路は畑の真ん中を貫いていたり短く滑らかなカーブを描いてナラやヒッコリーの森の残骸のなかを通っていたりする。窓から片腕を出してトラックを運転していると、もう何年も前にトラックに乗っていたときの感じが思い出された。あのときもやはりノアは窓から腕を出していて、暖かくかぐわしい空気がみんなの腕を撫でて……。

ノアは郵便袋を載せて車を走らせた。家々の庭にはバラが咲き、道端の溝にはキスゲが咲いていた。キスゲが咲いているということは、かつてその近くに家があったという意味だ。前はすごくたくさん家があった。二人の小さな家もあった。青いチコリは何も意味しない。単に見た目がきれいなだけ。風がトウモロコシ畑を抜けていく。揺れる影が細長くのびて、黄や白の蝶たちが雲のように群がって……。

もう何年も前の白い蝶たち。二人の家の玄関前を舞い、やがて降ってきた小雨に追い散らされる。二人は雨が好きだった。玄関ポーチから、台所の窓から、雨が赤いチューリップにしぶきを浴びせ、黒い土を濡らすのを眺める……。

郵便持ってきました。

そのようだね。

わたし前は結婚してたんです。というか、いまもしてるんです。

知ってるよ、ノア。気の毒だったね。

前は家もあったんです。

うむ。

この人どこがおかしいの?

べつにおかしくないさ、ときどきちょっと具合が悪くなるだけさ。ねえノア、気分はどうだい、大丈夫かい? 水でも飲むかね?

すごくいい気分です。こないだの誕生日以来、最高の気分です。わたし、ウィルソンさんのおうちの郵便を、ユリの花のそばの石の下に置いたんです。

あとで寄って知らせておくよ。

ここにもまだいくつかあるんです。

それはエセル・プリチャードとラザルス・ミッチェルのだね。戻って届けてあげた方がいいよ。

そうします。

ノアはそうした。

何日かして、電話がかかってきた。
こちらは合衆国郵便です。私たちは苦情があっては困るのです、と郵便局長補佐は言った。

昔むかし、ノアは仕事を持っていた／ノアはトラックを運転した／ノアはユリの花を見た。

昔むかし、ノアは幸福だった／ノアは横になった／ノアは独りでなく横になった。

昔むかしトンプソン家の炉棚には写真が飾ってあってどれもすごくきれいな写真でノアは昼食をごちそうになって写真に写った男の子は戦争に行って塹壕《ざんごう》のなかで死んだのだと一家の人たちはノアに言ってどの部屋の炉棚にも写真があって戦闘で突撃してそれから塹壕に逃げたんだよいい子だったのにとみんなが言ったのでノアはうなずいて思い出してにっこり笑って横になって犬たちは玄関ポーチでぐるぐるぐるぐる回ってノアはトラックに乗り込み郵便をしまって走り去り腕に暖かい空気を感じた。

配達人はここにいる、とヴァージルは、郵便局長補佐からの電話があったあとに言った（小さな赤い印をひとつつける）。

配達人がメッセージを届けるべき相手の人／人々／一族が、たとえばここここにいる（小さな青い印を二つつける）。
配達人を送り出した人／人々／神／一族は、すなわち、届けられるはずの、いや届けられねばならぬメッセージを発した存在はここにいる、とヴァージルは言った（緑の鉛筆を手にとって立ち去る）。

これってなぞなぞ？
うんそうだと思うよ。
答えは何？
わからないねまだ緑の印が見つかってないからね。

ヴァージルの死ぬ間際にノアはもう緑の印は見つかったかとヴァージルに訊いて見つかったならどこにあるのか教えてくれと頼んだがヴァージルは長いあいだノアの顔を見てそれから眠りに落ちそれから目ざめてノアの顔を見てそれからまた眠りに落ちた。

いとしいノア

きのうお風呂から出ました。お風呂に入ってるあいだに木々の葉っぱがぜんぶ落ちてしまいました。キレイな葉っぱがもうぜんぶはきよせられてしまったのを見てかなしかったです。お風呂に入っているあいだはさむいこともあればあついこともあってちょっとやけどしたりもしたけどたいていはいろいろのまされるだけでただねむっていました。これをあなたが読んでいるときそっちは何時かしら？　ここはいま四時です。今日はバスでえんそくにつれていってもらいました。丘をのぼっていって上でおろしてもらってあたりのけしきをながめました。その丘をつくった人がそこにいて丘のことなら何でもおこたえしますよといいました。この丘ってもえるとおもいますかとわたしがきいたらもえないとおもいますねとその人はこたえました。芝生が生えそろったらもっとキレイになりますとその人はいいました。それから丘の上でショーを見せてもらいました。投げものの曲芸をちょっとやる人がいて小さな女の子がうたをうたいました。いくつかおしばいみたいなゲームがあって、それからいろんなものを見せてもらってレモネードをのんで、それからもう一度丘をつくった人とはなしたら、そうだねえ、とその人はいって丘の地面でマッチを一本すってみました。

元気で　オーパル

猫はもうノアの膝に座っていない。薄暗い部屋の隅に入ってしまって、時おりその目がキラッと緑か黄色に光る。ノアはさっきラジオをつけた。それはマックスが持ってきてくれた、ぴかぴかのボタンやダイヤルのついた素敵な新しいポータブルラジオだ。ノアの好きな、インディアナポリスからオールナイトで放送している局がある。音楽がかかるときもあるし話のときもある。話す声は太くてゆっくりで、しばしばその声のさなかに沈黙が生じ、それがノアの頭のなかを、温かくて丸い石のように落ちていく。三十分ごとに天気予報をやる。雪は朝には止んで明日は晴れるでしょうと言っていた。晴れで寒く、風は強く、ところにより風で雪が吹き上げられるでしょう。雪が吹き寄せられるのがノアは前々から好きだ。雪が柵の前後に吹き寄せられて積もるのは特に好きだ。雪が固まるとのぼって柵のてっぺんに立てるからだ。いまラジオは女の人が歌っている。古い録音で、声は小さく遠く響く。歌が終わると沈黙が生じて、それから太い声が、美しいですねえと言い、母親のルービーのことを——教会の玄関に立って頭を心持ちうしろに引き両手を腰に当てて体をわずかに揺すっている母の姿を――考えていたノアもそうだなあと思う。ノアは鉛筆と、青い肉包み紙の切れはしを持っている。少しして、紙を脚の上に載せて書きはじめる。ノアは書く。ゆっくりと。いつもそうするように、いつもそうしてきたように。自分の名前一文字一文字の、線一本一本を書いていく。ノア・マクシミリエン・サマーズ。書き終えると、出来栄えを吟味して、もうちょっと飾りを足してもいいなと判断し、いまひとつうまく書けていない字に凝った渦巻を加えていき、星を一つか二つ描き込み、これでよしと決めて、立ち上がる。別の歌がかかっている。また同じ女の人だ。今回はもっと速く歌っていて、さっきほどきれいな声ではなく、酒を飲んでトラックに乗り込んで出ていってしまう男のことを歌っている。男は何日も帰ってこない。ノアが生まれる前にヴァージルが何度かそうだったように。

ヴァージルの場合、飲んだり騒いだりするのは車で出ていったあとにはじまったが、とにかくその不在は長びき、歌っている女の人も言っているのと同じに、それはルービーの心に重くのしかかった。

何も言わなくなって、ふっと車で出ていってしまうんだよ、とあとになってルービーは言ったものだった。出かけるぞともいわずに、あっさりいなくなってしまうんだ。こっちも何か手を打たないわけには行かないよ。

ルービーが打った手は、①ココモに事務所のある私立探偵を雇う（探偵はほとんどヴァージルの首根っこをつかむようにして農場まで引っぱってきた）、②わめく、③祈る、だった。

なぜなのかよくわからないんだ、とヴァージルは、何年もあとにノアがそれについて訊いたときに言った。何だかまるで、喋ることは全部喋りつくしちまったみたいに、一言も話す気がなくなるんだ。皮が剝げ落ちて新しいのを探さなくちゃいけないみたいにさ。なぜかそれがわしの頭のなかでは、遊び回ることやら何やらとつながったんだ。

遊び回るって、身持ちの悪い女の人とか派手な人とかと一緒に？

それには答えられないね。

ヴァージルの不在が沈黙の発作とつながっているということは、ノアにはすごく納得できる話だった。それは量のつながりでもあり質のつながりでもあるように思えた。が、つながりがそうした二重のものだというノアの確信が裏付けられたのは、ヴァージルの晩年の沈黙を仕上げるべく死が訪れ、葬儀でおそろしく短い弔辞を述べた直後の牧師と話したときのことだった。

「君の父上の、自分が神の栄光に与《あずか》るかが疑わしい、きわめて疑わしいがゆえに生じた、あいたちの悪い、はてしない不在」がどうこう、と牧師はノアに向かって言ったのである。

ノアはしばしば、自分が実行しかけている不在も、牧師の理屈からすれば同じようにたちの悪いものなのだろうと考えてきた。もっとも彼の場合は、ヴァージルのようにホテルで手元に一ガロンを超えるジンを置いて男一人と羽根付きボア以外ほとんど何も着ていない女二人とトランプをやっているところを発見されたことはないし、あの牧師のことを、いや、いかなる牧師のことも、頭のなかでを別とすれば「野兎より低能、頭を殴られた豚より醜い」などと言ったこともないが。それでもノアは、自分が神の栄光に与る見込みはどう考えても疑わしいと思っている。もうずっと前から教会へ行くのはやめているが、それでもこのことを考えると心穏やかでない。

郵便を運ぶ仕事をクビになってからまもなく、腰の高さまでのびたオオアワガエリの草地を一緒に歩きながら、ヴァージルが真顔で「かつての脱線行為」と呼んでいた過去の行ないについて二人で話しあっていた最中、ノアはヴァージルに言われた。目下わしらはものの見事に靴やズボンに水気を吸い上げてしまったわけだが、後悔なんてものも、この水気くらいの寿命だったらいいんだけれども、残念ながらそうは行かない。後悔はもっと長く続く。もっとずっと長く、下手をすれば死ぬまで続く。その言葉をノアは信じている。そしてノアはまた、このあいだ誰かがテレビで言っていた、何も行動しないことから生じる後悔は――あるいはもっとたちが悪いことに、無益な行動から生じる後悔は――行動したことから生まれる後悔より大きなものでありうるという言葉も信じている。

無益でたちの悪い行動、とノアは考える。肉包み紙に書かれた自分の名前を見て、椅子の背に寄りかかって体を安定させ、それから立ち上がり、部屋に散らばった物たちをよけながらのろのろと進んでいく。西側の壁の真ん中、崩れかけた食品戸棚とアイスボックスのあいだに、大きな引出しが三つついた薄い黄色の化粧ダンスがある。下と上の引出しには古い雑誌と種《たね》のカタログがぎっしり詰まっている。そして真ん中の引出しには、ルービーの遺した赤い古布の切れ端に載せて、もうひとつの、わずかに小さい、オーパルの面が置いてある。ノアはそれに触ってみる。頬骨の高い、口は大きく愛らしい、可憐な顔。それから肉包み紙を、赤い布の上に面と並べて置いて、引出しを閉めもせずストーブの前に戻っていく。

何年ものあいだ、ノアには物が、いろんな物が見えた。幻覚が見え、起きているあいだも夢を見た。いまでは、語るに足るようなものが見えるとしても、たいていの人と同じで眠っているあいだに見るだけだが、前は長年、はっきり目ざめているあいだにいろいろ興味深い物が現われたのである。たとえばあるとき、南側の畑に出ているときに時計が見えた。トラクターを運転しているヴァージルにも見えるかどうか訊きはしなかったが――見えないことはわかっていたから――停まってくれと頼みはした。

どうした？

時計が。

どんな時計だ？

背の高いやつ。古そうで。花が彫ってあって。よくあるやつがついてる。行ったり来たり揺れるやつ。

振子だな。

きっとそうだね。

行ったり来たり揺れるんだな？

ヴァージルがトラクターを停めると、ノアは飛び降りて時計のところまで歩いていった。ヴァージルには見えないその時計は、畑の隅っこに、自分たち二人のどちらよりも高く立っているのだとノアは言った。

動いてるよ、とノアは言った。

ヴァージルはうなずいた。そしてにっこり笑った。いま何時だって？

前にも畑で物が見えたことがあった。あるときには、鹿皮を着た、片手に鹿の角を持ちもう一方の手に晶洞石《しょうどうせき》を持った老人を見た。石は叩き割られていて、ラベンダー色のぎざぎざの内部が陽を浴びてきらめいていた。あるときは丸太小屋が見えたが、それが七十五年前に取り壊された小屋であることをヴァージルはのちに調べ上げた。ノアは小屋に入っていって暖炉のそばに座り、ヴァージルはノアが地べたにあぐらをかいて独り言を言っているのを見た。あるときは何もない情景が見えた。まったく何もなく、畑、柵、遠くの空、すべてがついいましがた消え去っていた。あとで考えると身震いがするようなものが見えたこともあって、ノアはそれを「空気中の不思議な濁り」と呼んだ。

今回は、時計が消えると、ノアは棒切れを拾って、畑の端の固まった土をほじくり返し、真っ黒なローム質の土を掘り起こした。ヴァージルによれば土には「ナラの繊維がそこらじゅう混じって」いて地虫がうようよいた。やがて、棒切れが何かの端に行きあたった。ノアは土のなかに手をつっ込んで、ほぼ錆びきった何かの残骸を引っぱり出した。それはじきに、ノアの曾祖母の持ち物だった振子時計の文字盤だとわかった。

そこに置いてあったんだよ、とルービーはその晩、ノアが文字盤の残骸からスポンジで泥をきれいに落として台所のテーブルの上に置いたあとに言った。ヴァージルはヴァージルで、ポケット一杯の土と、木の繊維と、朽ちかけた歯車やバネをナプキンの上に広げていた（土を例外としてルービーはそのどれにも触れようとせず、土に触れたのもあとになってからのことだった)。ノアとヴァージルを従えてルービーは玄関の廊下に出て、何もない隅の方を向いて指さし、そこに置いてあったんだよと言ったのだった。

はすに置いてあったんだよ、とルービーは言った。よくうしろにボールとか何かが入っちゃって、それを出すのにいちいち許しを得ないといけなかったんだ。あんたの曾《ひい》お祖母《ばあ》さんはエプロンのポケットに鍵を入れていて、毎晩かならず一巻きするんだよ。ま、きれいな時計とは言いがたかったね。木に仕上げがしてあったかどうかもわからない。でも時間は狂わなかったし、あんたの曾お祖母さんはよくあそこに置いた椅子に座って時計を眺めていたよ。十五分ごとに変な音がして、振り子が行ったり来たりするのが見えて、あたしたち眠くなると曾お祖母ちゃんと一緒に座って、寝床に行かされるまで自分たちの顔がガラスの扉に映ってるのを眺めたものだよ。

ルービーはそれきり口をつぐみ、ノアがルービーの顔を見て、それから三人で黙って隅の方を見た。壁と壁の継ぎ目のあたり、白いペンキにひびが入っていた。ルービーが何か言うのを、何であれほかに言うべきことを言うのをノアは待ったが、ルービーはそれを言わずに、代わりに二人に「あたしのテーブルからあのガラクタの山、片付けてちょうだい」と命じて台所へ送り返し、二人が言われたとおりそれぞれ自分が扱った物を回収するあいだ、玄関の廊下の隅に一人でもうしばらくとどまっていた。

次の日、ノアとヴァージルは、時計を囲んでいた土を三つの桶に詰めた。ルービーがそこに植えたゼラニウムはものすごく大きくなって、二十年以上花を咲かせた。ずっとあとになって、ひとつの桶の前に立ったヴァージルは、桶に入った土の「時間的肥沃さ」について一席ぶった(ルービーですらこの土に関しては、文字盤が見つかったその晩にしげしげ眺めて、「パンが焼けそうなくらい豊か」と評した)。その後この一件に言及するたびに、ヴァージルはかならず、その直後の週末にこの土から掘り出した地虫で釣った魚の一匹がものすごい大物で、わざわざ大きさを測るに値する、教会のあとに駐車場で誇張抜きに自慢できる代物だったとつけ加えた。

時計を見つけてから一週間経って、錆びた文字盤を寝室の壁に打ちつけたすぐあと、ベッドに横になって光がゆっくり床の上を進んでいくのを見守っている最中に、ノアはやっと、時計をめぐる物語を自分がすでに知っていることに思いあたった。ルービーからずっと前に、どこかよそで他人に起きた出来事を話すみたいにして、この時計の話を一度だけ聞かされていたのだ。

でもルービーは二度とその話をくり返さなかったし、いまはもう何も話そうとしなかった。仕方ないな、じゃあわしが話してやろう、とヴァージルが言った。

ずっと昔、一人の年老いた女性がいた。お前の曾お祖母さんだ。家族と一緒に（曾お祖母さんの家族であり、いまではお前の家族でもある家族だな）住んでいたが、かつてに較べ家族の規模は大幅にかつ痛ましく減少していた。その減少が起きたのは、曾お祖母さんがのちに「あのしけたしょうもない戦争」と呼んだり「インディアン相手のあの度しがたい愚行」と呼んだりした出来事の最中および直後のことだったが、家族の減少の第二波が押し寄せてきたころには、戦争で死ぬ男たちはほぼ一方の側に限られるようになっていて、そうしたほぼ一方の男たちの事情の結果としてほぼ一方の女子供だけがさまざまな原因で死ぬようになっていた。わかるか？

　わからない。

　要するにだな、もうそのころには死ぬのはもっぱらインディアンばかりになっていたってことさ。

どうして?

銃と人数だな。策略もあったし。よくわからん。続けていいか?

うん。

さて、死ぬのはもっぱらインディアンばかりになっていたにもかかわらず、反対の側、つまり我々の側の男が一人、どうやら死んだんだな。やがて、やはり反対の側の女が一人死んだ。男は南北ダコタ、ワイオミング、モンタナ、コロラドを渡り歩いていた。死んだのはケンタッキーでだ。あと少しで州境を越えてインディアナに戻るところまで来ていたんだが、何にせよ結核で死んだこの男を故郷に届けるべく荷車が用意された。だがとにかく男が一人死にその後まもなく女が死んだわけで、かくして二人は死に、男の帰還を四年待ち二人の帰還をさらに三か月待っていたお前の曾お祖母さんの許に合衆国政府から一通の手紙が届いて、その二日後、(男は人気者の大尉で女は人気者の大尉の妻だったから)旗にくるまれた二人の亡骸《なきがら》が届いた。その晩、曾お祖母さんは雇っていた男に軽めの斧を持ってきてくれと頼んで、仕事にかかったのさ。

曾お祖母さんがお前の母さんに語ったところによれば、これは時間をなくしたいという欲求、あるいは時間を殺したいという欲求、あるいはその両方の欲求を伝える身ぶりであったが、しかしこれまた曾お祖母さんが語ったとおり、時間というものは、たとえこっちがいくら凝りに凝った象徴を用いてその抹殺を表現したところで、しょせんなくすことも殺すこともできはしない。だがかりに、なくせたら、殺せたら、と考えてみてごらん（それならノアもやってみたことはある）。考えてみてごらん（やってみたができなかった）。もし万一その後に時間が混乱から回復したら、あるいはお前が時間を再発見してしまったら、そういう事態に自分を再対応させるために、どれだけ途方もない修正の連なりが必要となることだろう？

時間って何？

何かしら暗い、液状のもの――一個の半球。

その人たちってみんな誰だったの？

お前の母さんの家族だよ。

どの家族？

言っただろう。時計を叩き壊した曾お祖母さん。お前のお祖父さん、つまり曾お祖母さんの娘と結婚した、たび重なるインディアン戦争で戦って死んだ男。そのお祖父さんを連れ戻しにケンタッキーに行って自分も死んでしまったお前のお祖母さん。

僕の曾お祖父さんは？

巡回牧師だった。何年も前にもう亡くなっていた。

どうして旗にくるまれていたの？

いま説明しただろう。お祖父さんは戦争の英雄として死んだからさ。そういう人間は旗でくるむんだよ。

ほんと？

確かなことはわからん。

お祖母さんは戦争の英雄の奥さんだったの？

そう。

戦争の英雄ってなぁに？

お前、もうそういうことを訊く歳じゃないぞ。立派に、勇敢に戦う人間のことだよ。戦争で。というか、立派に勇敢に戦ったと世間が決めた人間のことだな。ヘクトール。アガメムノン。ネルソン。ラファイエット。リトルタートル。クレイジーホース。ジャンヌ・ダルク。ユリシーズ・S・グラント。

どうして僕、もうそういうことを訊く歳じゃないの？

その話はよそう。

お祖父さんは立派に勇敢に戦ったの？

知らない。たぶんな。もっとも相手の大半は、反撃できない人たちだったがな。

どんな顔してたの？

知らない。

お祖母さんはどんな顔してたの？

お前も知ってるだろ、アルバムに写真があるじゃないか。

どうやって死んだの？

結核。

そのあとみんなほんとに、畑で遊ぶのが怖くなったの？　曾お祖母ちゃんが斧で時計を壊したあとに。

誰がそう言った？

ルービー。

自分の母親をそんなふうに呼ぶんじゃない。

ごめんなさい。

とにかく知らない。そいつは母さんに訊いてもらわんと。

ノアは訊いてみた。ベッドめざして階段を半分のぼり終えたところだった母は、立ち止まりもせずに答えた。その声がずんずんノアから離れて上がっていき、家のなかに溶けていった。

そうだよ《イエス》

ノアは母について行った。ノアの足が、階段の床板の、母の足によってきしんだのとまったく同じところをきしませた——四段目、七段目、十一段目。

母さん、とノアは言った。ねえ母さん、戦争っていままで何べんあったの？　そう訊いた。あるいは何か別のことを訊いたのかもしれない。たぶん何か別のことだろう。僕、怖がるべきなの？　それとも——母さん、怖かった？（階段をのぼってゆくあの肯定の一言が引き出せるなら何でもいいのだ。ここ何年か、何か残響が聞こえればと、ノアは自分のひび割れた声をからっぽの階段に投げ上げてみる癖がついている。そうだよ、と彼は自分で言ってみる。そうだよ、そうだよ）。だが母は答えなかったし、立ち止まらなかった。十一段目がノアの右足の下できしんだが、母はもう自分の部屋に消えていた。

父さん、戦争っていままで何べんあったの?とノアはあとで、階段をまた降りてきてから訊く。二人は暖炉の前に座っている。ヴァージルは本を音読している。ノアは聞いている。二人とも炎の方、濃い青のヤグルマソウの方、小さな時計の方を向いている。

ノアは問いをくり返した。

知らない。

ノアは数字を言ってみた。ヴァージルは肩をすくめた。

じゃあいままで何人くらいの曾お祖母さんが、時計を叩き壊して埋めたの?

あの戦争でか?

どの戦争でも。

数えきれないね。

いとしいノア

あなたにとって何もかもがうまくいっていますように。きのう、赤ん坊が九人お腹にいるの、どうしたらいいかしら、ときくのをやめられない女の子が連れてこられました。あそこに赤ん坊が九人いるってどんな感じか想像しようとしてみたけど一人より先へ行けませんでした。電気をやられてから五日たちます。いまはかわりに重たいボールであそんでラクノウ場ではたらいてキレイな思いをおもうようにいわれています。火はキレイな思いじゃありません。カーテンはキレイな思いです。火とカーテンが一緒になったらキレイな思いじゃありません。キレイなカーテンはキレイな思いです。キレイはキレイな思いです。晩ごはんはキレイな思いです。赤ん坊九人は多すぎます。一人でも多すぎます。いえ、多すぎません。ごめんなさい、ノア。もうおそい時間で、晩ごはんはありません。いろんな物がたりないのです。もしおもいついたらまた何か送ってください。あのプディングケーキはおいしかったです。小さなソーセージもそんなにわるくなかったし。キレイな缶に入った、おいしいソースにつかったやつ。

元気で　オーパル

ノアはさっきクリスマスライトの電気を入れた。ライトは二本のコードに連なって、作業台の

上にぶら下がっている。黴《か》びかけた段ボール箱に入っているのをマックスが見つけて、来てさっそくにつないでくれたのだ。明るい色の玉がゆっくり点滅するさまが、エジプト猫のゆっくりまばたきする目に映っているのがノアには見える。エジプト、とノアは思う、老いた、耳のちぎれたインディアナの農場の猫を眺めながら、そして前にテレビで見たナイル川の巨大なゆったりした曲線を考えながら。その番組で科学者たちは、オベリスクをはるか川下まで運ぶのはどうやって可能だったのかを、原始的な舟を使って探っていた。ひとたびオベリスクを載せてしまえば、舟が川下まで下っていけることは科学者たちにも理解できる。思い描くのは難しくても、想像不能ではない。だが、あの細長い、ほとんどありえないくらい重い石を、舟を転覆させずに古代エジプト人たちがいったいどうやって積み込んだのか、それが彼らにはわからなかった。マックスがどう思うか訊いてみよう、とノアは思った。マックスならたぶん答えを知っているだろう。マックスはいろんなことの答えを知っている。ヴァージルがいたら絶対に答えが言えただろう。知らなくても何かでっち上げただろう。クリスマスライトが灯る。猫がまばたきして、その目がまた開くとライトはもう消えていて、その瞬間、ノアは手をのばしてプラグを引き抜く。ローマ人は、とヴァージルが言っていたのをノアは思い出す、自分が見たものはすべてその何らかの要素が溶けて原子になりそれが目を通って自分の体内に入ってくるのだと信じていた。ということはつまり、とヴァージルはちょっと言葉を切って想像をめぐらした、脳はほとんどひっきりなしに再構成されることになるわけだ。二人の人間が同時にたがいを見て、それぞれの原子が宙を飛んでいくなかで混じりあい、すれ違いながらゆっくり前後に輪を描いた末に眼窩《がんか》に入っていく。それによって愛の炎が点《とも》され、二人の人間が「あたかもまばゆい靄《もや》のなかで迷子になったかのように」ふるまうに至るのだとローマ人は信じていたんだ、とヴァージルは言った。

牛も恋に落ちる？

わからないよ、ただのお話なんだから。

豚は？

ヴァージルはにっこり笑いノアもにっこり笑ってノアは恋に落ち、まもなく二人とも笑うのをやめた。そしていまノアは、砂漠の真ん中に一人で立ってにこにこ笑っている自分の姿を思い描く。砂嵐が湧き上がって、周りの空気にはごく細かい石粒が満ちている。あるいはごく細かい氷の粒。空気が凍りついてしまわないのは驚くべきことだとマックスは言った。いつどの瞬間にも、インディアナ上空には蒸発した水が何百万ガロンも満ちているんだから、とマックスは言う。まあそれを言えば、とマックスは（にっこり笑いながら）言う、僕らがみんな溺れてしまわないのも驚くべきことだよね。ノアは溺れかけたことがある。教会の遠足で、郡北部の湖に行って氷穴釣りをしていて、釣り竿が跳び上がったまさにその瞬間、ノアの座っていた丸椅子の下の氷が割れたのだ。水から引っぱり揚げられたときノアはまだ竿を握りしめていて、みんなで糸をたぐり寄せてみると重さ二キロのコクチバスが現われた。あとになって、たちまち肺炎にまで悪化した症状からの回復を待って寝込んでいる最中、ノアは目を閉じ、自分の苦しげな呼吸の音に、そして家と農場の慣れ親しんだ音に耳を澄ましながら、冬のあいだ何か月もずっとあんな陰気な氷のなかで暮らすのはどんな感じがするのだろう、と思いをめぐらせた。どんな感じでもないだろう。

まったくそうだよ、どんな感じでもありゃしないよ、とルービーは事件の二週間後、ノアがそうした思いを口に出したときに答えて言った。いったい誰からそういう馬鹿な考えを吹き込まれたのかね?

わからない、とノアが言うと、まあとにかくお祈りは唱えても損にならないよとルービーに言われたのでそのとおりにした。何度もくり返し、医者がのちに「発熱による譫妄《せんもう》」と呼んだ状態のさなか、まず最初に、わたしはキリストに仕える漁師になります、と唱え、何分かしてから、わたしはキリストに仕える魚になります、と唱え、それから、ただ単に、しかし絶叫して、わたしは魚になりますと唱えた。

もう済んだかね、ミスタ・フィッシュ?と、ノアがわめく声を聞いて馬の蹄鉄をつけ替えていた裏庭から家に入ってきたヴァージルが訊いた。そう訊かれてノアにはよくわからなかったし実はいまだにわからないのだが、たぶんもう済んだのだろうといまでは思いはじめている。自分自身を猫の目で見ているところをノアは想像してみる。猫である彼に見えているのは、いまだにいくらかの熱を発しいまだに時たま動く何ものかでしかない。

猫や、とノアは言う。お前には俺が魚みたいに見えるかい? ノアは微笑む。ほんのわずか。猫はノアをじっと見る。そして片方の前足を持ち上げ、舐める。ノアは一度猫を撃ったことがある。老いた黒い雄猫が、生まれたての仔猫を片っ端から殺していたのだ。雄猫は仔猫たちの体をずたずたに引き裂いて、その残骸を温室じゅうにぶちまけていた。

ノアはそいつがある日の午後、庭をやって来るところを見つけた。臀部《でんぶ》のふくらみに銃弾を撃ち込むと、猫はぴょんと空中に一メートル半飛び上がり、こっちが弾をこめ直す間もなく消えてしまった。何週間かあとに、ルービーの古い園芸用品置場を解体している最中、その死体が床板の下から見つかった。目は両方ともなくなっていて、蛆虫やシミ虫がたかっていた。老いた悪党のかたわらにノアはしばしひざまずいてから、シャベルを取りに行って穴を掘ってやった。それ以来ライフルは一度も使っていない。

さて、猫や、とノアは生きた猫を見て死んだ猫のことを想いながら言う。お前はいまこの瞬間、生きているのかね、それとも死んでいるのか？　そうノアは問う。猫はノアの顔を見上げ、尻を床につけて体を持ち上げ、頭でノアのあごをつっつく。ごめん、間抜けな質問だったな、とノアは言う。そして片腕を猫の痩せた腹に回して、引き寄せる。ノアはこの猫が大好きだ。この猫に小さなピラミッドを作ってやってくれとマックスに頼もうか、とノアは考える。小さいやつでいいから、と。死んだときに備えて。エジプトでやっていたみたいに。マックスに頼めば、電話して砂を取り寄せてくれるだろう。

あなたがヒルズバーグからの帰り道に顔のない男の人がトウモロコシ畑から出てくるところに行きあたったといったことをおぼえていますか？　あなたにきかれてその男の人がじぶんの名まえは「ユー《あなた》」だといった、というところがわたしはすきです。その人に顔がないというところ、あったとしてもあなたにはどうやって見たらいいかわからない顔だったというところもすきでした。ねえ、ユー、ついさっきわたしもおもしろい人に会いましたよ。お医者さんのかわりに、オフィスにいったら女のフクワじゅつ師がいて、ボール紙の子どもたちに怪談を語らせていたのです。何分かごとに、一人を例外としてボール紙の子どもたちはみなごほごほ咳をしました。それからわたしも咳をしました。それからわたしはフクワじゅつ師のベッドの上にフクワじゅつ師と並んですわっていました。さあごらんなさい、とわたしはいいました。でもほんとうは自分が何もいっていないことがわたしにはわかっていました、だってこれから何が見えることになるのかわたしにはぜんぜんわかっていなかったのですから。そしてフクワじゅつ師にもわかっていませんでした。これでおしまいです、ユー。これでおしまいです。

元気で　オーパル

3

ノア夢を見る、牧師、単純な否定――オーパルの手紙、インディアンの土の山――カブ・トラクターの故障――ヴァージル、ヘクトールの最期を暗誦――オ・ルヴワール――ノアと洗濯機――カナリヤ――フランス語のレッスン、桜の木、客、野原がチクタク鳴るノアは夢を見ている。ついいましがたは、冷たく湿った黒い布にぎゅっとくるまった夢を見ていて、布がじわじわ乾くにつれてますますきつくなっていったが、いまはもう、夢は変わっている。新しい夢の真ん中に、箱がひとつあって、横に穴が開いている。両腕がまた動くようになったのを喜びながら、ノアは箱を持ち上げ、穴を目に当ててみる。箱のなかで太陽が輝いている。地面は雪に覆われ、幹の黒い木が何本か生えていて、青空が広がっている。ノアは目を穴に当てて、待つ。まもなく遠くの方で、小さな色のひとかけらが動いているのが見える。かけらはすばやく、幹から幹へと動きながら、こっちへ近づいてくる。雄のカージナルだ。雪野原にすうっと降りてきて、それから一本の木へ昇っていく。行ったり、来たり。赤い羽根が黒い幹を背にして輝く。ノアは何か言いたい。何でもいいから。枢機卿《カージナル》、と彼は言いたい。あるいは、牧師、僧正、王様、と。でも彼は喋れない。目が箱に当たっているだけ。

同じような夢は、前にも何度か見ている。たいてい五感が、少なくとも五感の一部が放棄される夢だ。見えるだけだったり、聞こえるだけだったり、そしてこれはさほど頻繁ではなくもう何年も見ていないが、喋れるだけだったり。そういう夢のなかで、ノアは決まって、姿の見えない、じっと待っている十人あまりの長老の面前に出ている。そして、家族の集いで自分が暗唱したり歌ったりする番が来たときに頭が真っ白になってしまったみたいに、こういう「喋る夢」でも、肺と声帯が、言葉のない空間にぽっかり浮いてしまい、いるかどうかも定かでない長老たちがいくら厳めしく待ちつづけようと、言葉はどうしても取り戻せなかった。とはいえ、声を出すことはできるので、必死の思いでノアは声を出した――その「口走りやわめき」や「ばたばた暴れ」をやめさせようとするヴァージルかルービーに、ノアは一度ならず揺り起こされた。とうとう、ヴァージルは賛成せず出ていってしまい挨拶もしなかったけれど、牧師が相談に呼ばれた。あたしにはわかりませんし偉そうなことは言えませんけどこれはやはり神さまがかかわってらっしゃると思うんです、とルービーは言い、牧師はじっくり耳を傾けた。やがて牧師は立ち上がって、ノアの肩に手を触れ、こう言った――

何でもない。安らかに行くがよい。神が「汝、天を夢見るべし」と言い給うごとく、天を夢見るがよい。

ほとんどすぐさま、「口走り」の夢は止んだ。ノアはそれが止んだのは、牧師が言った言葉よりもむしろ、牧師の堂々たる額と長い腕と強い体臭のせいだと考えた。とはいえ、その後何週間も、日曜の午後に一家で裏のポーチに出てポークチョップかピーマンの詰め物かキュウリと玉ねぎを添えたハムとビーンズか、あるいはハムローフとスカロップポテトとテンダーロインかフライドチキンとグレービーかスイスステーキとグレービーかオクラとニンジンとキャベツのサラダとズッキーニかカボチャの花か（ノアはカボチャの花が一番の好物で、小麦粉をまぶして揚げてあった）から成る食事の最中、ルービーはその朝の説教に話題を持っていって、時にはノアを居間に行かせて聖書を持ってこさせ、ヴァージルがその一節を、熱を込めてとは言いがたいけれども読み上げるのだった。ヴァージルがどの一節《パセージ》を読んだかノアは思い出せないが、自分が食卓からルービーの大きな白い、把手の二つついたハンドバッグまで移行《パセージ》し、それから、青、緑、赤と変わる絨毯《じゅうたん》の上を移行していって、かすかにきしむ家のなかを戻っていったことは覚えている。両親のうちどちらか、ヴァージルがルービーにしてやったのだったかルービーが自分でやったのだったか、食堂の南側の窓に置いたクラッスラの鉢の上にステンドグラスのカージナルが吊してあって、ある日曜、ノアが居間から食堂へとゆっくり足を踏み入れると同時に、きっちりまとまった光の束が外のクラブアップルの木を射抜いて差し込んできて紅のガラスを貫き、クラッスラのてっぺんを抜けて、聖書の表紙をまだらに染め、ノアの左手親指の付け根に漠とした赤い半円を（彼ははっと息を呑んだ）描いた。何分かして、いったいどうしたのかと両親に訊かれると、自分が赤ん坊になって食卓の上の宙に浮かんでいるのが見えたのだ、赤ん坊になった自分は血の気のない土色をしていて石のように黙っていて、壁がちらちらと揺らめいていてやがて自分は宙から落ちたのだとノアは答えた。

この時期のある夜更け、ノアはトイレに行く途中に両親の部屋の前で立ちどまった。ドアの下に一筋の光があって、その光の筋にそってヴァージルの愉快げな、けれど少し憤慨している声が漂い出てきた――お前まさか本気で思ってるんじゃないだろうな、あの子が悪夢だの何だのを見ていたとき本当にあっちに行ってただなんて？　ノアの頭のなかでは、あっちとは、もう二度と言葉にたどり着く見込みもないのに何とかして喋りたいという息苦しいもどかしさのことだったから、ノアは光の筋の方にかがみ込んで、囁いた――

違う《ノー》よ

何十年も経ったいま、夢を見ながら、ノアは我知らず願っている。瞼《まぶた》のない自分の眼が、違うよというその単純な否定を、あの光にあふれた箱に押し込んでくれればいいのに、と。あの脆《もろ》い状況に押し込まれたら、違うよという言葉はカージナルや雪や高い黒い幹をどう変えるだろう。まもなく、その問いに部分的に答えるかのように夢は、ノアの人生のほかのすべてと同じくまたも変わってしまい、情景は消し去られ、気がつくとノアは、トウモロコシを入れる大きな缶の上に座って、何千匹ものホタルにあちこち照らされた豆畑を、その彼方を見ている。ホタルの光が、生い茂る畑の黒っぽい表面を、奇妙な、不可解に艶やかな星の原に変える。

いとしいノア

たいくつしていたら女のひとが来てインディアンの土の山を見せてくれましたこのうつくしいわれらがインディアナにはそういう土の山がたくさんあるのだそうです。インディアナには死の道もあるってこと知ってましたかノア？　わたしたちはインディアンをここから、うつくしいインディアナから追い出してインディアンがたくさん死んだのです。女のひとはそれをわたしたちのみにくい歴史だと言いました。わたしもそうおもいます。こうやって土の山を掘ったら貝がらやおのやセトモノやキレイな石が出てくるのだと女のひとは言いました。ビーズや鉢やナイフの刃やホネが、ねむっている赤んぼうみたいに丸まってるのが出てくると女のひとは言いました。たき火の穴や動物のずがいこつや小さな人形やいろんなこげた品物が出てくると女のひとは言いました。品物を見て、それを上と下からつつんでいる土の層をしらべればそこに住んでいた人たちについていろんなことがわかる、何を着て何をかんがえていたかとかがわかると女のひとは言いました。それってステキだと思いませんか？　土はあたたかいのですかとわたしは質問しました。おどろくほどあたたかいですよと女のひとは言いました。そのあと一日ずっとわたしはかんがえていました。もうやめなさいと言われたけどやめませんでした。これからもぜったいやめません。あたまの上から毛布をかぶってからだを丸めて目をつむっているのです。

元気で　オーパル

眠りから覚めたノアは、窓辺に立って、冷たい、霜に覆われたガラスに指で描いた線を通して外を見ている。それは短くて太い、ノアの目がちょうど収まる長さと幅の線で、その線ごしに外を見ていると、ノアは一瞬、いつのまにかもうすでに面をかぶったような気になる。外では雪野原に風が吹き荒れ、時おり小さな凍った雲が風に吹き上げられて、長寿命電球の黄色い靄のなかをくるくると舞う。電球の光の端、雪になかば埋もれて、一九六三年にヴァージルの足下でエンジンが焼け切れて以来ずっとそこから動いていない四八年型カブ・トラクターがある。夏になると、朽ちかけたトラクターの周りで、オオアワガエリ、ニンジン、アキノキリンソウ、アサガオが伸びていき、去年の八月の陽ざしの強いある午後に二人でその前を通りかかったとき、これってまるで聖書の燃えさかる柴だねとマックスが言った。マックスに一度か二度そう言われたあと、物は試しとノアは午後にそこへ出ていって前に立ってみたが、何も見えなかった。古いトラクターがあるだけ。中庭に立つ湯気。そしてトラクターから降りてきて、ノアと並んで切り株に腰を下ろすヴァージル。

わしは教師の資格を持っていて、お前も知ってのとおりお前の母さんともそうやって知りあった。母さんはいつも最前列に座って、お前とよく似て読み書きはあんまり得意じゃなかったが議論や歌の時間になるとみんなのリーダーだった。とにかくわしは最初ここではよそ者だったしもしかしたらずっとそうだったかもしれんが、とにかくしょっぱなからお前の曾《ひい》お祖母《ばあ》さんのところの下働き連中相手によせばいいのに威張り散らしたんだな、畑を耕すくらい聖書に出てくる誰にも負けないくらいやれるさとか何とか言ったんだ。つまり下働き連中の誰よりも上だってことになるわけで、じゃあお手並み拝見しようじゃないかって言われて、馬どもにいいようにあしらわれて納屋だ畑だに引き戻されて授業をやればやったであいつらひっきりなしに手を挙げて先生お手洗いに行っていいですかって言うもんだから、そのうちわしも一人に向かって、君、教師の平手打ちが喰いたいかねと言ってやったら向こうはみんなゲラゲラ面白がるばかりでわしの方は少なくともそのときにはちっとも面白がれやしないわけですするとあっちも険悪になってきてほとんど袋叩きにされかけたところで夕食のベルが鳴ったんだがわしは草から起き上がりもせずロンサールを朗吟してからヘクトールの最期を暗誦《あんしょう》してみせてそれから講釈を加えてまたもう少し暗誦してそれからまた云々、とまあまだまだいろいろあると思うがとにかくわしがその後もいかなるヘマや失敗をやらかしたにせよ、お前の母さんと近づきになるためなら何だってしただろうってことは断言できるね。

ふたたび霜に覆われてきた線の向こうを見ているノアは、赤いトラクターに乗ったヴァージルが庭の隅をゆっくりこっちへ来るのを見る。トラクターのエンジンが湯気を立て、それからばんと轟音がし、トラクターはそれっきり動かなくなり、ヴァージルが運転席から降りてくる。

今度はどこが悪いの？

壊れたのさ。

直すの？

直すのはもうたくさんだ。

どういうこと？

もうたくさんだってことさ。もう足を洗う。グッバイ。アデュー。アディオス。オ・ルヴワール。

庭にはほかにもいろんな物がある。いまはどれも見えない。たとえば光の向こう側、菜園の端に古い洗濯機が置いてある。前は地下室にあった洗濯機がどうやって、あるいはなぜここに来たのかはっきりとは思い出せないが、ノアが菜園で仕事する春と夏のあいだ洗濯機はずっとそこにあって、前を通りかかるとき、ノアはよくそのうつろな金属の上部を手で叩いてみる。その音が菜園の四隅まで出ていって止まる。時おり鳥が飛び上がる。あるいは猫がびくっとする。時にはノア自身がびくっとする。洗濯機はまだ一、二箇所に錆が出ただけで、その白いエナメルが雨上がりに濡れて光ったり月光にきらめいたりするのを見るのがノアは好きだ。時おり、天気がいいときは、そしてノア自身胸のうちで自分に言う言葉を使うなら、ふだんよりもう少し馬鹿な気分になれるときは、丸椅子を持ち出して洗濯機の前に座り、扉にはまったひび割れたガラス越しに、暗い、錆びた内部を覗き込む。

ある晩、亡くなる少し前のルービーがのろのろと階段を降りて地下室へ行ってみると、ノアが同じような姿勢でそこにいた。丸椅子に腰かけたノアの顔は電気の点いた文字盤に照らされ、洗濯機はゆっくりと回っていて、中には石鹸を溶かしたお湯が入っているだけだった。ルービーはノアのかたわらに立ち、片手を彼の肩に置いた。彼女の息は速く、浅く、扉のガラスのへりを囲む輪のなかで彼女の鏡像がノアの鏡像の隣に仲間入りした。

何してるんだい？

何も。

ルービーはうなずいた。

きっと中を洗ってるんだね。

ノアは答えなかった。

まあそろそろ洗いどきだよね。

二人は水が動くのを見守った。水は上昇し、下降し、ガラスに石鹸の泡を浴びせた。

何か特別なものが見えてるのかい？

ノアにはいろんなものが見えていたがそれはどうでもよかった。どうでもいいんだよと彼はルービーに言った。どうでもよかったけれど、人でいっぱいの日曜夕方の教会の地下室が見えた。光の帯が小さな窓を通って部屋に差し込んできた。毎年恒例のハム・サパーだ。年配の女性たちが、エプロンを着けぴかぴかのスプーンを持って並んで立っている。男や年下の女や子供たちが皿を手にぞろぞろ進んでいって、年配の女たちがそこに食べ物を盛り、それからみんな席について牧師が、ノアの知らない牧師が食前の祈り《グレース》を捧げたが本当にグレースと一言言ったきりでもうみんな食べはじめて何もかもうまく行っていて人々の小さなかけらが燃えてはいたけれどそれもすごく小さなかけらだったから誰も気づかなかったがノアは気づいてみんなは相変わらず食べたり喋ったりするばかりで食事が済むと子供たちが歌い、中でも小さな美しい声をした子が一人いてノアはその声を聞いてミソサザイを思い浮かべ、みんなの腕や首や肩から明るい銅貨のような炎が立ちのぼっていた。

どうでもいいんだよとノアはルービーに言った。何か見えれば役に立つかもってときには見えたためしがないんだからどうでもいいんだよと彼はルービーに言った。

ひところは保安官の役に立ってたじゃない。

昔の話だよ、ずっと昔の。

それでも。

ノアは首を横に振った。

どうでもよくないよ、とルービーは、ノアの肩から手を離しながら言った。

もう一度そう言いながらルービーは立ち去り、彼女の鏡像が、洗濯機の扉の凹んだへりをぐるっと回るのをノアは見守った。一瞬、彼女の鏡像が彼の鏡像に混じりあい、次の瞬間にはもう消えていた。

どうしてどうでもよくないの?とノアは訊いた。

階段の下、植木鉢の台の横でルービーは立ちどまり、何でも答えを知ってるのはあんたの父さんの方だったからね、クラッスラそろそろ中に入れないとねと言った。

ノアはうなずいた。自分がうなずいたのをルービーが見なかったことが彼にはわかっていた。自分がうなずくのをノアは見た。赤い階段をルービーはのろのろとのぼって行って、二日後、ノアは彼女のベッドの周りにトウモロコシの粒を撒きちらしていた。

あたしは歌えたかって？　あんたの曾お祖母さんにね、お前は喉にカナリアを連れて生まれたんだねって言われたよ。よく一緒に並んで立たされて、「驚くばかりの恵み《アメージング・グレース》」を歌わされたものさ。曾お祖母さんがハミングして、あたしが歌う。次にちゃんと気づいてくれたのは牧師さんだね。一家で通ってたヒルズ・バプテスト教会のストークス牧師だよ。子供の聖歌隊でね。みんなで「古い木の十字架」を歌っていたんだ。ミルドレッド・リトルがピアノの伴奏をしていて、ストークス牧師が出し抜けに、止《と》めて、と言ったんだ。で、ミルドレッドは止めた。子供たちも止めた。それから牧師さんがあたしに、前に出なさいと言った。みんなちょっとのあいだ聴いてなさい、と牧師さんは言った。それからミルドレッドに顎で合図して、ミルドレッドが「地に平和を」を弾きはじめて、ストークス牧師が言ったんだよ、さあルービー。さあルービー、もう一歩前へ出て歌っておくれ。

菜園の向こう側、二つの豚小屋のあいだに冷蔵庫が置いてあって、そのすぐうしろに、ルービーがかつてパイを焼くのに使っていた薪オーブンがある。家のそばに枯れかけた桜の木が立っていて、かつてはみんなでこの木を黒い網で覆って鳥が近寄らないようにした

アオカケス　カージナル　フィンチにカラス
　フランス語で言うなら鳥《ワゾー》

あんたの父さんは鳥のことをいつもそう呼んでたね。歌うみたいに言うんだよ。あたしたちが結婚する前のことだよ。ワゾー。

そうだったな、とヴァージル。

一家はそれぞれ網を手に持って庭に立っていた。

L'oiseau se perche dans l'arbre、とヴァージルは言った。Il mange les cérises. Ce n'est pas bien. Il ne faut pas que l'oiseau mange les cérises.（鳥は木にとまります。鳥はサクランボを食べます。そ

れは良くないことです。鳥がサクランボを食べてはいけません。)

ワゾってなあに?

ワゾー、oiseauと書く、とヴァージルは言った。どう説明したらいいかな。おしまいにxがないと単数なんだ。つまり一羽しかいないってことだな。真ん中あたりのsを取ったら全部母音だ。全部の母音が入ってる。

ノアはそれを言おうとしてみた。言ってみた。ワゾ。

ワゾーが一羽降り立って、くちばしをサクランボに突き刺した。

ヴァージルが言った、パルテ(あっちへ行け)!

ノアが言った、ワゾ。

ルービーが言った、あたしのサクランボ食べてるんならワゾじゃないわよ。ただのろくでもないカケスだよ。


三人で代わりばんこに梯子をのぼり、小さなひんやりした葉の茂みに首をつっ込んで丸々大きなサクランボをバケツ一杯摘んだが、ルービーがサクランボでパイを作るのに「ちょうどいいやつだけ」が必要だったので、たいていは摘むのもルービーだった。ノアには彼女が見える。眉間にほんの少し皺を寄せ、バケツを手に庭を歩いていって、やがて食料室の窓辺に立つ。手首から肱にかけて小麦粉がいっぱい付いていて、両手は大きな白いボウルのなか。彼女が言うのがノアには聞こえる——

生地の秘訣は　よく休ませること

神さまもそうだよね、と、まだひどく幼かったノアはある日曜のディナーに重々しく宣言した。ついいましがたルービーが、複数の人物から好意的なコメントを得たとりわけ美味しいパイ皮に関し、ほとんど手で触《さわ》れそうなほどの満足を込めて、すっかり彼女のトレードマークとなっている科白をいま一度口にしたところだった。

まあほんとにそうよねえ、とシルヴィー叔母さんがルービーの言葉に応えて言い、それに続いて食卓中にわっと笑い声が上がって、その笑いがノアの耳には、爽やかな激しい雨にどこか似て聞こえた。

ノアの言葉にもみんなは笑ったが、さっきとはちょっと違う笑い方で、いくぶんぎこちなかった。

それは違うんじゃないかい、とルービーが言った。

どうしてだね？　どうして神さまもそうだって思うんだね？とヴァージルがノアに、興味津々笑みを浮かべて訊いた。

神さまは生地に似てるからだよ。

どうして神さまは生地に似てるんだい？

生地は、悪魔みたいにオーブンに入って、焼けるからだよ。


あとになって、みんなが帰ってから、ノアは隅っこの子供用椅子に座ってルービーが皿を洗って拭くのを眺めながら、地上ではいつもまだこんなにたくさん仕事があるのにどうして神さまは休んだのと彼女に訊いた。

ほんとにお休みなすったんじゃないんだよ、とルービーは言った。あたしたち人間が休むみたいにお休みなすったんじゃないの。眠ったんじゃないんだよ。

生地は人間が休むみたいに休むの？とノアは訊いた。

どうかしらねえ。それって間の抜けた質問だよ、ノア。

人間はどうやって休むの？

眠って休むとか。じっとして休むとか。

夢を見て？

どうかしらねえ。

神さまは夢を見るの？
きっと御覧になると思うよ。
悪魔は休むの？
ルービーは答えなかった。
僕、いま休んでる？
休んでないよ、あんたじっとしてないじゃないか。

何年ものあいだルービーは一日に二つずつパイを焼き、あるとき、いったいいままでに果樹園いくつ分の果物を摘んだだろうねえ、と言った。いつもの窓辺の椅子に座っていたヴァージルが、笑顔を浮かべて答えを口にした——

千ぐらいかなあ

そしてカウンターに寄りかかっていたノアは、顔を上げ、果物の木々から成る森がにわかに生えてきて台所じゅうに広がっていき壁のなかになだれ込み両親のなかに流れ込んでいくのを見た。『アラビアン・ナイト』のカラー挿絵のように、森は黒々と光っていた。

その後まもなく、ノアが廊下の角を曲がると、ヴァージルの大きすぎる肖像写真と鉢合わせになった。玄関広間に置いた寝椅子のかたわらに掛かった写真が、そよ風に吹かれるみたいにゆらゆら揺れていた。ノアが見守るなか、部屋中、完璧なパイ皮のパイの写真を食べている天使の写真で一杯になっていった。見れば天使それぞれの首には時計の写真が掛かっている。ルービーの写真が一枚、一瞬そこに現われた。そしてオーパルの写真も。二人とも時計の写真を首に掛けていた。けれどヴァージルの首には時計の写真は掛かっていなかった。

わしは時を失い
二度と見つからなかった

——と、ゆらゆら揺れている、釣り用の帽子をかぶって釣り杖を持ったヴァージルの写真が言った。

ノアは時を失ってはいない。時は彼をぐるりと囲んでいる。

時おり、それが聞こえる瞬間がある、
　はっきりチクタクと鳴っている、
野原がいまにも爆発する準備を整えているかのように。

4

さまざまな記憶を伴う雨をめぐる考察、訪問――死んだ女の出てくる夢――農夫の狂気――ヴァージルの沈黙――ノア、うなじと会話する――一八八六年のクリスマス――ノアとマックス、電気ショック療法を論じ、面に飾りつけを施す――オーパルの手紙、光――ノアと保安官、窓の外を見るノア、なくなった指をめぐる思い、体中が虫に覆われる時おり小屋のなかで、いまのように座っているとき、ノアは目を閉じて耳を澄ます。少し経つと、耳を澄ますのはやめていなくても小屋の音、周りの夜の音、自分自身のかすかな荒い息の音がずっと向こうに遠ざかっていき、聞こえる音はすべて思い出された音だけになる。

雨

冷たい縄みたいな雨

晩冬の寒さのなかの雨

雨

あるいは春。春と　降る雨

みんな雨を待ち望んでいて　時おり仕事の手を休めて言う、

ほらあれ聞いてごらん

ノアは聞いてみた

夏にはそれはナラが割れる音だった。誰か人だか動物だかがナラの木をつかんで引き裂いたのはいいが、そのせいで耳も腕も歯も痛むといった感じの音。やがて雨が葉に叩きつけ地面を激しく打ってから止み、あるいは止まないにしろ弱まり、音もすごく丸くなって、それからまたはじまり、また激しくなって、またもうひとつナラが裂かれるか巨大な大砲が発砲されるかああるいは縞瑪瑙《しまめのう》色の空気が一筋びりびり破られるかして、家のなかにいる誰かが雹《ひょう》が降るかなあと口にする。やがて雹が降り、小さいときもあれば小さくないときもありどちらにしてもノアにはそれが屋根に当たってはね返るのが聞こえてそれでトウモロコシにも当たっているのだとわかり、ヴァージルの両手が、もし椅子に座っていれば肱掛けをとんとん叩きはじめる。雹が降ったとき、ノアの記憶のなかでいつもヴァージルは座っている、肱掛け椅子に座っていてかたわらにはラジオがあってルービーが窓際に、いつもかならず窓際に立っていて、ヴァージルは目の隅で彼女を見守りながらオレンジ色の肱掛けをとんとん叩き、ノアは二人両方を見守って、やがてルービーが言うのだった、

止んだね。

そして雨はもう止んでいてみんなで外に出てみると空は青く庭は白くこれでルービーも窓辺で外を見ながら考えていたことを口に出せた

絵のついてる本

ああいうの一冊欲しいね

空が広々としていて神さまがハトと一緒にいらして

天から降ってきた食べ物が地面を覆っている絵が入ってる本

庭は白いけれど菜園と畑はいまだ濃いみずみずしい緑色を帯びていたから、あるいはとにかく
濃いみずみずしい雨のあとに帯びるべき色が何であれそれを帯びていたから、ルービーはそう
いうことが言えたし、ヴァージルもこう言えた、

じゃあそういう本を探そうじゃないか

そしてノアには、

ちょっと味見してごらん

そしてノアは冷たい砂利大のつぶてをいくつかすくい取って食べてみた。

あるいは秋。秋も終わり近く、雨はもう何時間も降っていて、草も草の上の黄色い落葉も、ヒッコリーの木から菜園や耕したての地面に吹き落とされた小さな茶色い葉も、何もかも冷え、そしてとりわけノアも、家に入ったり家から出たり牛たちが湯気を上げて立っている小屋に入ったりしながらノアも冷えていた。ルービーに言われて庭の向こうに何かを冷えた体で運んでいき、ヴァージルに言われて濡れた菜園の向こうに何かを冷えた体で運んでいき、両手には巻き立ての包帯があって、ノアは肩ごしにふり返って何かを見て自分の足跡を眺め自分が踏みつぶした茶色い葉を眺めてから顔を上げてヴァージルを見るとヴァージルはにこりともせずまるでたったいま何かが地中から飛び出してきてノアの体内に冷たい葉や割れた石や酸っぱい液体を詰め込んだかのようにじっとノアを見つめた。その瞬間のヴァージルは、単なるノアの父というよりもっとずっと大きな何かだった。何か巨大なもの、静かな怒りを秘めた何ものか、寒さと雨の具現、彼らを囲む荒々しい黒々とした何マイルもの土地の具現だった。ノアは損なわれた両手でそれらすべてを包み込みたいと思う、とりわけヴァージルを包み込んで、握り締めたいと思う

ノアは肩ごしにふり返ってから向き直って先へ進み

そのままヴァージルとルービーが埋められている墓地を通っていくと二人の墓石の周りの石がいっせいにゆらゆら左右に揺れノアもいくぶん揺れながら損なわれた両手をポケットに入れて立っているがやがてポケットから損なわれた両手を出して顔を覆い、あるいはほとんど覆い、やがて目が開き損なわれた両手は脇に垂れ雨は冷たく降って、掘られたばかりの土は一人のために掘られたものであり次にもう一人のために掘られたものでありそれからオーパルのために掘られたけれどそれは別の墓地でのことであってノアが顔を上げると雨は降っておらずいまは初冬、今年の冬で、雨の代わりに星が出ていて風が吹いていていてやがて冷たい風が吹いて雪が降った。

雪が、吹きよせる深い雪がノアを小屋に連れ戻す。両腕を前で交叉させて両脚をのばすと、ヴァージルが――ヴァージルは一番頻繁にやって来る訪問者なのだ――ノアの頭のなかの墓から出てきたヴァージルが部屋の向こう側に立ってじっとこっちを見ている。なおもじっと、じっとノアを見て、ノアもじっと見返しながら考える、僕は疲れている、と、それから、夜のこの時間にいままで何度も考えてきたことを考える、これで一番深い時間にたどり着いたんだな、男も女も鶏も溺れてしまう時間に着いたんだ、と考える。

やあヴァージル、とノアはじきに言う。時が見つかったって知らせに来たの？　答えが出たって知らせに来たの？　あの緑のしるしを見つけたと？

　ヴァージルの口が開いて動き出し、それとともに口以外の部分はふたたび闇に溶けていって、少しのあいだそこにあるのは口だけ、広い唇と大きな歯だけが音もなく動いている。顔のない、それが形作ろうとあがいている言葉も持てずにいるその口は、ノアにはちっぽけな、ほとんど情けないものに見え、やがてそれは動くのをやめ、体全体を追うように消えていく。それが消えるとき、あたかもずっとあとについて来ていたかのように、言葉がやって来る。ふたたび夢、謎、五十パーセントの物語、そこにほかの声が仲間入りする――記憶の糸、インディアナの夜のなかで蒸留され冷たい空気の水差しからノアの頭に注ぎ込まれた不完全な模様の切れ端。


たとえばこんな夢。どこかからどこかへ行く途中に――ついでに言うとこれこそもっとも古い物語だな――わしと相棒とで、最近死んだ一人の女を、道中のどこかにある目的地まで運んでいく仕事を与えられる。女の体は硬く、ひどく軽い。わしが足を持って、相棒は頭と首を持つ。

こうしてわしらは歩いていく。やがて場面が変わって、わしらは疲れていて、死んだ女は仕事を楽にしようとわしらと並んで歩いてくれている。しばらくすると女はまたわしらの手のなかによじのぼって来る、わしらの手はあたかもずっと女を運んでいたみたいにそのままの姿勢でいたんだ。ある時点で女は、わしらが運びやすいようにと、自分を小ぎれいなかけらに分けてくれる。女はわしに言う、ヴァージルあんた疲れてるみたいだね、重たいかけらはノアに持たせなさいよ。女の言うとおりにして、わしらは先へ進む。わしら二人で。お前と、わしとで。でも実はわしら三人だと思うんだが。ひょっとするともっといるのかもしれない。もうこれ以上は話せない。わしらは先へ歩いていって、何も言わない。ずんずん先へ行く。

あるいはこんな夢。昔むかし、ある農夫が、ある晩夢を見て翌朝狂気に陥った。こういう夢だ。農夫は目隠しをされて自分の畑を歩いていた。滑らかで肥沃な、粉みたいに柔らかい土の埋まった水路に腰まで浸《つか》って歩いているのだが、土は脚に対して水ほどの抵抗も示さない。ずんずんずんずん、水路を進みながら、いったい俺はどこへ向かっているんだろうと農夫は思案する。何しろこの水路に従っていると、カーブを曲がらされたりぐいっと横へ行かされたり、時にはまるっきりもと来た道を引っ返させられたりするんだから。そんなふうにずんずん歩いていって、ここは絶対前にも来たぞと思ったりいやいやそうじゃないという気にさせられたり、あるいはまた、そんなに遠くないところから柔らかな、呟くような人の声がいくつか聞こえたりもして、それが農夫には、考えてみればずいぶんと自分の声に似て聞こえるのだった。やがて目が覚めた。それっきり、ありがちな奇妙な夢ということで終わっても不思議はなかったが、ところがその朝、寝床から洗面所へ歩いていくときにたまたま二つの鏡のあいだを通りかかって——二つが向かい合わせに掛かっていて、ひとつは新しく届いたばかりでたまたまそこにフックがあったのでとりあえず前日の午後に掛けたのだった——一方の鏡にもう一方の鏡の像が映り、そのもう一方の鏡には相方《あいかた》の像が映っていて、その相方の方にはもう一方の鏡のなかと同様にそれ自身の像も映っていて、といった按配で、柔らかいひんやりした土のなかを歩く夢からいまだ醒めきっていなかった農夫は、二つの鏡のあいだで数珠つなぎになっている無数の自分を見出し、反復された自分の像が自分からどんどん引き離され壁のなかに引き込まれていく気がしてきて、のちに本人が語ったところによれば、困惑と歓喜のあいだのどこかの地点に囚われたような気持ちになり、そのためほぼ一時間後に妻がもぞもぞと動いて、のちに彼女が語ったところによれば牛たちが不平を言う音で起こされたときも、「起きたらあの人そんなふうだったんです、起きたらあの人そんなふうだったの」と妻は語ったのだった。

しまいにはあんたの父さんはもう全然喋らなくなって、もちろん昔とは違うけどあちこちうろつくようになると、あたしは心配になったんだよ。あんまり心配なんで、いろんな物をあたしは隠すようになった。農場で怪我する危険なんていくらでもあることはあんたが一番よくわかってるだろうし、ここほど尖った角の多い農場をあたしはほかに知らない。ときどき、あんたがたまたまいなくてあたしがどうしても出かけなきゃならなくなるとあの人を寝室に閉じ込めて鍵をかけていったんだけど、それはまあさすがに喜んでないのは見てわかったね。でもそれより、あの人のポケットにメモを入れていくことの方が多かった。ちゃんと読めるように、ロイス・ウィルソンに頼んで書いてもらったんだよ。洗面所のガラスにおでこを寄りかからせないこと。道路に立ちつくさないこと。さっさと帰ってくること。愛してるわよ。道端の溝にリスを探しに行かないこと。そういうときはノアに頼むこと。用を足したくなったらお手洗いに行くこと。神はほんとうにあんたの羊飼いなんだよ、神さまのおっしゃることをちゃんと聞くこと。

ノアは一度彼を見つけた。真夜中のことだ。浴槽のなかに立って事実おでこを窓ガラスに軽く押しつけていた彼は、ノアが入っていって声をかけてもぴくりともせず、しばらくするとノアは彼を無視してトイレで用を足した。十分後に戻ってみるとヴァージルはまだそこにいて、ノアは背後に寄っていってそっとその両肩をつかんでうしろに引っぱった。目の前の白い窓台には、貝殻が一個と埃が少々、それと小さな錆びたバネがひとつ載っていた。ヴァージルが息をしているのがノアには感じられた。自分が息をしているのも感じられた。ヴァージルのうなじが見えて、それは青白くて深い皺があって薄暗い光のなかで柔らかそうに見えた。どうして？とノアはそのうなじに囁いた。うなじは答えなかった。でもうなじは、時間さえ与えられれば答えそうにも見えたので、ノアは父の肩を、両肩をそっと押さえたまま待ち、うなじにじっと見入った。しばらくすると、うなじは本当に答えた。というか答えたらしかった。というのもそれはノアに向けて声を発したしノアにもはっきり聞こえたのだが、何と言っているのかはさっぱりわからなかったのである。

休日《ホリデイ》、聖なる日《ホーリーデイ》、呼び方はいろいろだがとにかくそういう日はたくさんあってそれぞれがいろんな意味合いを蓄積していてわしら一人ひとりにとってその蓄積の中身は少しずつ違っている。たとえば。わしの弟でお前から見ればジョンソン叔父さん、それとわしの二人で、クリスマスの何日か前に、ジニー・スミスの家へツリーを飾りつけに行ったことがある。たしか一八八六年だ。いい天気の日で、午前中わしらは橇《そり》で遊んだり小川に石を投げたりしていたがそのうちに空模様が見るみる変わって二人とも家のなかに入るとランプが灯してあってわしらは窓から外の雲を眺めた。そのうちに雪が降り出した。雪が降って、わしらは窓辺に座って雪を眺めて、窓が凍りつくと二人で窓をこすって絵を描いてそれから窓辺を離れてトウモロコシとベリーを紐でつなぎながら歌を歌った。その家には色つきのガラス玉がいくつもあって覗くと自分の鼻が大きく見えてみんなでそれを使って占いをやり出したんだがどの占いも鼻が大きくなるとか顔が青色になるとかそんなのばっかりでそれからご飯を食べて食べ終わってもまだ雪は降っていて暖炉の炎とわしらが発する相当な熱のせいで窓が暖まったのか、手をこすりつけるとガラスにしみみたいのが残って手はべっとり濡れた。わしらが窓の外に探していたのは雪じゃなくて父さんと荷馬車の姿だった。でもじきに雪と闇しか見えなくなってそれからもっと雪が降ってもっと闇が濃くなって風が吹いて、道はどこも通れなくなっているとジニーが言うんで今日は家に帰らないんだなとわしらにもわかって、そんなに小さくない子供たちとしてはそういうのが嬉しくて当然なわけで当然わしらも嬉しかった。ところが二日経っても父さんはまだ迎えにこれないままクリスマスイブも夕方近くになってしまいわしらはもう嬉しくなかったし家の大人たちもそれは同じでジョンソンなんか嬉しくないのを態度に出したせいでさっきもう耳を叩かれていて、実際とうとうノックの音がしたときもジョンソンは七歳の鼻をグスグスいわせて隅っこに立っていたんだが真っ先にコートを着て表に飛び出したのも間違いなくジョンソンだったね。いいか、話はここからはじまるんだ。父さんはニコニコ笑っていた。父さんがそんなふうにニコニコ笑ってるのを見るのはわしも初めてだった。雪のなか、馬たちと並んで立っている父さんは、まるっきりいまにも歯が顔から飛び出しちまいそうなんだ。大きな丸太の橇を親戚のエディ爺さんから借りてきていて、色つきの毛布を敷いた箱を母さんと二人でしつらえてくれてあって、わしらを一人ずつ持ち上げて中にいれてくれたんだがわしらとしては持ち上げてもらって特に嬉しいというわけでもなかったけれどとにかく父さんはメリー・クリスマス、どうもありがとう、と家の人たちに言ってわしらもメリー・クリスマス、さようなら、と言うと父さんが箱を覆って中は暗くなったがてっぺん近くにすきまが二つあったんでそこから雪が見えた。それから父さんが馬の向きを変えたのがわかって橇は先へ進んでいった。まだせいぜい一つ目の坂をのぼり終えたあたりでどう、、！　と父さんが言うのが聞こえて橇が止まって今度はハ！　と言って父さんが箱の覆いを外してニヤニヤ笑いながらわしらを見下ろした。そうしてコートからプレゼントを引っぱり出して箱のなかにつき出したのさ。開けてごらん、と父さんは言った。わしらはすぐには開けなかった。緑色のホイルで包んであって赤いリボンが結んであった。触ってみなくても（少なくともわしには）それが本だとわかった。何の本なの、父さん？と訊くと父さんは開けてごらんと言ったがわしら二人ともすぐに開けようってそぶりを見せないものだから父さんはプレゼントを引ったくってホイルとリボンをびりびり破って雪のなかに放り投げてから本をわしらにもう一度渡して背表紙に何と書いてあるか見てごらんと言った。わしは見てみた。あたりはもう暗くなっていた。父さんは身を乗り出してランタンに火を点けた。黒い本で、金文字が入っていた。こんな文字を見るのは初めてだった。ヴァージル、とわしは読み上げた。そして顔を上げて父さんを見た。そんなこと書いてあるもんか、とジョンソンが言った。でも本当にヴァージルとそこには書いてあって、この本僕たちのなのとわしが父さんに訊くとお前たちたったいま包みを剝がしたばかりじゃないかと父さんは言った。ただしクリスマスの朝が来る前にもう一度包み直さないといかんぞ、内緒のプレゼントってことになってるんだからな。それから父さんは、開けてちょっと読んでごらんと言った。わしは読んでみた。というかそうしてみたが全然読めなくて父さんはニヤニヤ笑って、父さんが読み方を教えてやるからな、二人とも教えてやるからなと言った。寒いよ、とジョンソンが言った。

そうだな、と父さんは言ってわしから本を取り上げて、箱をまた覆って馬に何か言うと橇はまた動き出した。箱に入って暗いなかを進んでいってジョンソンは何か喋っていたけどそのうち寝入ってしまってすると父さんの声がわしには聞こえてきた。馬を操りながら父さんは朗読していて、ヴァージルというわしの名前と関係ある話だとはわかったけどそれはわしの知らない響きで、そのうちわしも寝入ってしまってそのうち気がつくと馬車は止まっていた。父さんが覆いを外した。手にはまだ本を持っていて、立って見てごらんと父さんはわしに言った。家まではまだ五キロくらいあってあたりは暗かったが、空はもう晴れていて星が出ていて薄く切ったみたいな月が出ていて、鈴が付いてランタンが揺れている橇が五台くらい道をこっちへ近づいてきていた。そのうちに橇の人たちが今晩は、メリークリスマスと言うんでわしらも今晩は、メリー・クリスマスと言うとジョンソンも目を覚ましてどうしたの?と言うんで父さんがジョンソンを抱き上げて見せてやってわしはまだその橇やランタンや色つきフードをかぶった人たちの炎みたいに青白い顔のことを考えていたがそのうちわしらの橇もまた動き出して父さんは朗読したけれど何だか今度はさっきの橇の人たちと同じにクリスマスの歌を歌っているみたいにも聞こえてわしはもう一度寝入って目が覚めると家に着いていて母さんがわしらを揺り起こしてどうしてこんなに遅くなったのよと父さんを叱っていて父さんはニヤニヤ笑って今年は最高のクリスマスだよなとみんなに言って母さんもニコニコしていったいどういうつもりよほんとにと父さんに言ってわしら二人のコートの裾をつかんでさあさあうちへ入りなさいココアとご飯とあったかいお風呂と飾りつけたツリーがあるわよと言ったんだ。

ノアは三枚のカラースライドを、自分が生まれた六十三年前の四十二日間を例外として生涯ずっと住んできた家の二階寝室の東側の窓にテープで留めている。晴れた日に光がスライドに当たるとき、ノアは窓の近くに立って、色の立方体が小さなランタンのようにほのかに光りやがて色あせていくのを眺めるのが好きだ。けれどもたいていの時間、スライドはほとんど真っ黒で、ごくわずかに色の気配が見てとれる程度だ。ノアは自分が写ったスライドも一枚作った。去年十月の晴れわたった日に、茶と緑を背景に、ポケットに両手をつっ込んでカメラの少し左を見て立っている姿を撮ったのだ。その日、彼は幸せだった。そのことをノアはとてもはっきり覚えている。マックスがカメラを持ってやって来て、昼食にハンバーガーを二つ作ってくれて二人で裏のポーチに座っているとクラブアップルの木にカージナルがとまっているのをマックスが見つけて二人で甘いワインを少し飲んでからマックスの車に乗ってオーパルに会いに療養所まで行ったのだ。それからマックスが、終始ニコニコ笑っているオーパルを相手に、一つ目の面を作ってくれた。そして先週、玄関側の部屋の、ルービーが昔使っていた寝椅子にノアを仰向けにして、二つ目の型を取ってくれたのだ。

僕のには飾りを付けてほしいな、とノアは言ったのだった。

飾りって、どんな？

ノアはしばらく考えてから、ちょっと来てよ、と言った。

二人で一緒に母家《おもや》と小屋を漁って、古いコイン、色紙の切れ端、押し花、壊れた古い懐中時計の中身、ひからびたテントウムシ、スズメバチの羽根などを集めた。

何か電気を表わすものが付いてるべきだよね、とノアが言った。

どうして？とマックスが訊いた。

オーパルのために。できることなら氷もつけたいくらいだよ。

そんなこと一度もなかったんだよ。オーパルは氷の風呂に入れられたりはしなかった。僕はカルテを読んだし医者の話も聞いたもの。

一度もなかったたって向こうが言ってるだけさ、とノアが言った。医者が書いたことなんか鵜呑みにできないよ。

電気ショック療法はたしかに何回かやった、それはカルテに書いてある。インスリン療法も検討したらしいけど結局やらなかった。

医者が書いたり言ったりすることなんか鵜呑みにできないって言ったろう、聞いてたの？　たしかにあそこから出してあげてからの方が、彼女がずっと幸せになったことは間違いないね。

何年も前に出してやるべきだったのさ。一番最初からそうすべきだったんだ。最初のころは療養所でよかったかどうかはわからないな。けっこう重症だったからね。

ノアは何も言わず首を横に振った。

少し経って、ノアは顔を上げた。

君たぶん、これって何もかも馬鹿みたいだって思ってるんだろうな。

どうしてそんなこと言うの？

君たぶん、これってみんながはじめから言ってたとおりだよなって思ってるんだろうな。あの家の人間はネジが外れてるってみんな言ってたんだ。こんなふうに引出しにしまい込むためにお面作って、大騒ぎして。

僕はそんなこと思ってないよ、とマックスは言った。

ふん、なぜだい？とノアは言った。ほんとのことじゃないか。僕、いつもみんなに言ってただろう、僕は掛け値なしに狂ってるんだって？

マックスは答えかけたが、何も言わなかった。

僕を助けるなんて、君も掛け値なしに狂ってるにちがいないよ、とノアは一本指でテーブルをとんとん叩きながら言った。

マックスが眉を吊り上げた。たぶんね、と彼は言った。

ノアはくっくっと笑った。ひとつ言っておくよ。僕は気にしないよ、これがどんなに馬鹿みたいでも。オーパルの思いつきなんだから、僕にはそれで十分さ。

僕もだよ、とマックスが笑みを浮かべながら言った。電気って、どういうこと考えてたの？

電気ね、とノアは言った。罪人を殺すのと同じやつだよ。オムツをつけさせるとかそういうの。あんな医者ども、牢屋にとじ込めちまえばいいんだ。あいつらにも電気がどういうものか教えてやればいい。

そうねえ、とマックスは言った。

そうねえ、なんて僕は考えちゃいなかったね、とノアは言った。

つぶれた紫色の断熱材から取った針金やガラスの切れ端で面を飾り、ラジオを作る方法を書いた古いパンフレットにあった小さな図をオートミールの箱で飾った。それでもまだノアにとっては、彼の言う「オーパル・イメージ」が十分でなかったので、果物ナイフから刃を折って外し、それを「メス」と名づけて赤いペンキに浸し、糊で面に貼りつけた。それからノアが、オーパルの苦しみに加えて、彼女の美しさも何らかのかたちで示したいと思いたち、ルービーの帽子からクジャクの羽根を一枚取って、額のところに貼りつけた。それからルービーの装身具を一つひとつ吟味して、明るい色合いの物を片っ端からくっつけた。ある手紙のなかで、オーパルはノアに、フビライ汗《ハン》や桃源郷《ザナドゥ》のこと、そこにかつて咲いていたにちがいないと彼女が信じる世にもまれな花のことを書いていたので、屋根裏に吊してあったドライフラワーから花弁をむしり取って、世にもまれでも何でもなかったけれど糊をつけて場所を選んで貼りつけ、一歩下がって出来栄えを眺めた。

いいんじゃないかな、とマックスが言った。

うんいいともさ、とノアが言った。

彼女のお面の方、何かつけ足すかい？

ノアはちょっと考えた。オーパルに初めて会ったときのことを考えた。ジェラルドとミニーのロバーツ夫妻の家で、ダンスフロアの向こう側に彼女は立ち、横から光が通り抜けていって、わずかに開いた両手は左右の腰に当てていた。ノアに見えていたその眺めには濃い靄がかかっていて、靄のせいで眺めが際立っているのかぼやけているのかはわからなかったけれど、どちらにしても、見えているその眺めはひんやりと澄んで清らかだとノアは思った。

いいや、とノアは言った。彼女のはこのままにしておこう。カーニバルは僕の方だけでいいよ。

貼ったものが剝がれないよう持ち帰って処理してくるとマックスは言った。

あんまり遠くまで持ってかないでくれよ、じきに使うから。

どういうこと、じきに使うって？

まあいいからさ。

今度持ってくるよ。

いつ？

ひととおり済ませるのに何日か要る。来週はじめかな。

わかった。

よくできてるよね、とマックスは言った。

まあ合格かな、とノアは言った。

ノアは面を手にとり、鼻先がくっつくくらいそばに持っていく。面の目を通して、闇がストーブに照らされて燃えているのが見える。

いとしいノア

光がわたしたちのまわりじゅうにながれています。ななめにながれて、わたしたちみんな光におおわれて、いっしょに原っぱに立っています。みんなで立って待っています。光いがいはだれも来てくれません。電気も来ないしわたしたちは立っていて氷もつめたい水も来ないし光が原っぱをよこぎっていってわたしたちをすこしもやすけどすずしいです。夕ぐれどきにさわると光はスプーンかフォークみたいにすずしいです。スプーンにさわってごらんなさい、ノア。まわりじゅうで雪がふっていますがわたしたちが立っているところはあたたかくてわたしたちはうたいます、かわいい男の子や女の子もうたってわたしたちは熊手やシャベルをもって何もかもけっこうきれいですけれどいまは光しか来てくれません。

元気で　オーパル

かつて保安官が何度かノアに会いにきた。いつも夜のことだった。そのころはまだノアにはいろんなものが見えていて、一番はっきり見えるのが夜だから、ノアに見えるものが何か役に立つとしたら夜のあいだだろうという理屈である。これもヴァージルが手配した取り決めで、ルービーもそれを承認した。最近起きた出来事からノアの気をぜひともそらす必要があるという点はルービーも同感だったのだ。はじめはノアとダン保安官とで、玄関先の私道に駐めた、いちおう郡のパトカーとして使われている廃車同然のボロ車のなかに座るだけで、保安官が話をし、ノアは何やら、聞いている可能性もなくはないことを示す音やしぐさを返したが、はじめはたいてい何も聞いていなかった。はじめは保安官が行方不明の自動車や道具とか酒場で誰が誰を殴り倒したかとかの話をしているあいだノアはローガンズポートまで歩いていったことや自分の手のことやオーパルのこと、オーパルに会いに行ったとき彼女が大きな病棟のベッドの上であぐらをかいて座って前後に揺れていたことなどを考えていた。けれど時おり、保安官が言った何かにノアは耳を傾け、二、三回に一回の割合で何かが見えて彼はそのことを話した。たとえば、隣人の純血のコリーが産んだ仔犬を丸ごと始末したと疑われている男の話を保安官が持ち出したとき、何か嫌なもの、何か黒っぽくて濡れていて損なわれていて冷たいものが見えて、ノアはそのことを話した。

仔犬をまとめて小川に捨てたんだよ。

どの小川だ？

シュガー・クリーク。その人の地所の裏手。袋がまだ縛ったままそこにあるよ。仔犬たちの残骸もまだそこにある。柳の木の根っこに縛りつけてある。

溺れ死んだ仔犬たちの入った袋が見つかって、そいつらの「わんわんわんわんわんわんわん」が我慢できなかったのだと訴えた男には罰金が科され、保安官はまた会いにきてあれこれ話した。

一週間が過ぎた。ノアにはまた何かが見えて、彼はそのことを報告した。逮捕がなされた。

二人はただ車のなかに座る代わりに、近所を走って回るようになった。

君を保安官代理に任命してもいいな、と保安官はある夜、暗い田舎道を走りながらノアに言った。君の立場を、より公式なものにするわけだ。

それってほかに何かいいことあるの？

ない。

じゃあやめときます。べつに役人になりたくないから。

でも君が何らかの報酬を受けとれるようにするには、それしか手がないんだよ。

ノアは何も言わなかった。

女性が一人撃たれる結果を招いた強盗未遂事件のことを保安官はノアに話した。

死んだの、その女の人？

保安官はうなずいた。

子供は？

二人いた。亭主はすっかり参ってる。穀物倉庫で働いている男だ。

ノアはじっと座ったまま自分の手を見ていた。

何か見えるか？と保安官は言った。

ノアは保安官の方を向いた。

彼女を出してよ。

なあノア、私には何もしてやれないことはわかってるだろう。そもそもローガンズポートは私の管轄じゃないんだし。

彼女を出してくれたら、何が見えたか話すよ。

保安官は車をUターンさせ、じきに二人はノアの家の前に戻ってきた。

それが目当てだったのかい、ノア？　それが狙いで、私と一緒に車に乗ってたのか？　最初に言ったじゃないか、気の毒だとは思うけど私には何もしてやれないって。

あなた、権力なんでしょ？

保安官はため息をついた。そういう権力じゃないんだよ、ノア。そういうのには全然別の権力が必要なんだよ。

二人ともじっと動かなかった。

しばらくして、ノアが肩をすくめた。

亭主が女房を撃ったんだよ。強盗未遂じゃない。娘二人ももう少しで撃つところだったんだ。台所の、床板の下のどこかに証拠が見つかると思う。

翌日の晩、ダン保安官が家の前に乗りつけ、何分か経ってからノアは出てきた。

ライフル、レバノンの町の南であった遺産競売で買ったんだそうだ。

ノアはうなずいた。

乗るかい、と保安官は訊いた。

やめとく、とノアは答えた。

君はすごく役に立ってくれるんだがな。

彼女を出してくれたらいくらでも役に立つよ。

それはちょっときつい提案だな。本気かい、ノア？

ノアは保安官を見て、それからうなずいた。

ヴァージルとルービーはいる？

教会に出かけてる。歌のサークル。

じゃ、よろしく伝えてくれ。

二人に話しても無駄だよ。

だろうな、と保安官は車を出しながら言った。無駄だろうな。

とにかくやってはみたのだ。そもそもヴァージルが、以前西の畑でヨモギを一緒に切っているときにそう言い出したのだ。でもヴァージルはそれっきり二度と言い出さなかった。

何週間かが過ぎて、良心がうずきはじめていたノアは保安官に電話をかけ、また殺人とかあったらできる限り協力しますと伝え、保安官も礼を言ったが、それから何年経っても殺人は一度も起こらなかった。

ノアは指を一本持ち上げ、ガラスの表面に滑らせる。これを二回やる。それからもう一度、三回目は爪を使う。一瞬、自分のなかの一部分がすごく速く動けて外に飛び出せてガラスの向こうからいまの自分の目を覗き込めたらいいのにと思うが、実はもうすでに自分自身が、あるいはその青白い鏡像が見えていることに気がつき、見えているものが面ほど見栄えがしないことを見てとる。かつてはノアも、少なくともルービーやオーパルの話を聞く限りではけっこう男前だったのであり、特に濃い黒髪や立派な肩やたくましい顎が売りだったらしいのだが、そんな時期は、もし本当にあったとしても（そしてやっと見える程度の自分の鏡像をいま見ているとそれも大いに疑わしく思えた）もうすっかり昔話になってしまった。風が吹いてきて、外に見えるものもますます少なくなってきた。ヴァージルが一度、今夜と同じような夜が更けてから庭の真ん中に立ちどまり、十歩か十五歩前を歩いていたノアに、こっちを向いて何が見えるか言ってごらん、と声をかけたことがあった。

あなたが見えるよ、とノアは、そのときには何ら気をそそられもせずに答えた。けれども、家までたどり着いてまたふり向いてみると、さっきから動いていないヴァージルは消えていて、呼ぶ声だけが聞こえた――

今度はわしが見えるか？

見えない、とノアは答える。両手がちくちくとうずく。指がなくなったところが。時おり、最近はめっきり少なくなったが、なくなった指はまだそこにあって、ノアにはそれが感じられる、何だか手がかすかに幽霊にとり憑かれたみたいだな、と思ったことがある――ほんのちょっとだけれど。

もう消えてくれ、指たちよ、とノアは言う。

やがてうずきは止む。

そしてまたはじまる。

ノアはこのあいだダイヤモンドの広告を見た。女の何も着けていない手が男の胸に当てられ、その下に大きなブロック体でこう書いてあった。

彼女にダイヤを
心にじかにつながった手に

ルービーとヴァージルと手をつないだことをノアは思い出す。教会へ行く途中だか家の前の車道を渡るときだか玄関までの道を歩くときだかに、二人のあいだに入ってブランコみたいに揺れて歩いたことを思い出し、ビロードを貼った棺が閉じられる前に二人それぞれのおでこに触ったことを思い出す。オーパルにも触ったことをノアは思い出し、そしていま、どちらも損なわれてしまった手を窓ガラスに当てていると、両手が彼の心に持ちかえるメッセージは長年ずっと不完全なものだったのだと考えざるをえない。でもひょっとすると完全だったのかもしれない。ひょっとするとまったく完全だったのかもしれない。ノアには区別がつかない。

ヴァージルが豚を飼っていたブリキ屋根の豚小屋二軒には、もう長いあいだ、かつてノアが育てていた小さなぶどう園から外した緑色の針金を巻いた、巨大な糸巻《スプール》がいくつかあるだけだ。何かで針金が必要になるたびノアはどちらかの小屋に出かけていって、要る分だけ切りとる。夏になると小屋のなかは蒸し暑く、古い材木や錆びた金属の匂いがする。時おり、スプールのひとつに寄りかかって立ちながら、目をつむって大きく息を吸ってみると、その一瞬だけノアは、オーパルがいまにも自分のうしろに寄ってきて腕に触るのだと信じることができる。

もう家に入りましょうよ、ノア、と彼女は言う。

そうだね、とノアは言う。

そして二人は蒸し暑い午後のなかを、手をつないで、または腕を組んで、歩いていく。

そしていま窓辺に立って、青白い目をした自分の鏡像を通して雪深い闇を見つめているノアには、何の匂いも感じられない。息を吸い込んでも、口と肺に入ってくる空気はよそよそしい、なじみのないものに思える。きっとあの物語の男もこんな空気を吸ったんだろうな、とノアは考える。ものすごく長い距離、ものすごく長い年月旅を続けてやっと地の果てにたどり着いた末、神々に命じられたとおり黒い雄羊を殺したときに男が吸った空気も、きっとこんなだったにちがいない。

で、奴らは来るわけだよ、わかるか?
うん。
男に呼び出されたら来るわけだよ。来なくちゃいけないんだ。
どうして?
雄羊の血のせいさ。古《いにしえ》からの契約なんだよ。
でもその男、そいつらに触《さわ》れはしないんだよね。
そのとおり。でも聞くことはできる。見ることも。

ノアの目の前の窓台には蠅の死骸がびっしりこびりついていて、窓の隅は凍りついた蜘蛛の巣で曇っている。ノアはその巣のなかに、ストーブの光にかすかに光る、蜘蛛の糸に包まれたアリマキやミバエの抜け殻を見ることができる。それらの巣のひとつに、ひからびて凍りついた蜘蛛自身が餌食と並んで横たわっている。ノアは左手の人差し指をのばして蜘蛛に触る。あるいは、触ったと思う。蜘蛛の死骸が軽すぎるのか、ノアの指がかじかみすぎているのかで、よくわからないのだ。子供のころ、ヴァージルが読んでくれたあまたの本のなかに『暗い冬のための夢』というのがあって、そこに入っていた話に、夢を見ている男の子が狼のことを夢に見て、狼は狼で男の子のことを夢に見るというのがあった。男の子の見る夢のなかで獲物を探したり食べたりするのは狼であり、狼の夢のなかでは男の子がそうするのだ。話の終わり近くに、ヴァルチャー（禿鷹）というキャラクターが仲裁に入って、こうしてたがいがたがいを夢見ているからには君たちは友だちになる運命にちがいないよと両者を説得する。けれども結局彼らは友だちにはならない。物語の結末で、ヴァルチャーは暗いニタニタ笑いを浮かべながら飛び去っていく。

わしらのやることは、つねに正しいとは限らんのさ。

どうして？

わからない。

どうしてつねに正しくなれないの？

ヴァージルは答えなかった。

あなたが僕たちにしたことは正しかったの？

うん、正しかったと思うよ。少なくともあのときはそう思った。いや。わからない。

短く切れた指の先を、折り込まれた蜘蛛の脚に当てていると、大豆畑の真ん中で耕したての地面に顔を押しつけて横たわったことをノアは思い出す。八月のことで、あたりは暗く、大豆が腰の高さまで伸びた畑で、みんなが彼を探し回るのが聞こえる。彼らはたがいに声をかけ合う。そしてノアに声をかける。いま見つけるからな、ノア、とみんなは言う。ノアも見つけられるのを待っている。何が何でも見つけてほしいと思っている。そのうちに、ノアは怖くなってくる。みんながたどり着く前に、自分は大地のなかに消えてしまうのではないかと。

昔の神々にはそういうことが起きたんだ、とヴァージルは言った。長いあいだ忘れ去られた末に、持っていたものもみんな捨てて、顔を下にして地面に横たわり、じっと動かないでいると、やがて大地が開いて、するっと中に入るのさ。

それっていつのこと？

ずっと前だよ。

中に入って何してるの？

わからない。もう死んでるんじゃないかな。

神々って死ぬの？

何だって死ぬことはできるんじゃないかな。

あなたは死ぬの？

わしはいずれ死ぬ。

僕は死ぬの？

ノアは息を吸い込む。空気は耐えがたいほど豊かな味がする。ゆっくりとした暖かい風が大豆のあいだを抜けていき、ノアの周りじゅうに虫がいる。虫たちはノアの腕や顔や脚にとまる。いまだ、とノアは思う。動かずに横たわり、耳のなかで血が脈打つのを聞く。

5

ノアがカウボーイの写真を探す、蛾の死骸、ノアが自分と対話する――オーパルの手紙、つかむ力のある翼――古い納屋の消滅、マックスが遺棄されたテープレコーダーを発見、ヒューズ箱――静寂、床が落ちる――オーパルへの一連の手紙――鋸音楽師、戦争、および生みの親、フィンガー・レディ、空気が自らを切り分ける――ノア、ソルトクラッカーを摂取部屋の南東の隅に、チョークで汚れひびが入った黒板、ルービーの古いオーブンの残骸、圧力鍋の蓋がいくつも積まれた山と並んで、細い、ほとんど梯子のような階段が作ってあり、天井に開《あ》いた穴につながっていて、そこから小さな、窓のない部屋に行くことができる。階段はノアが組み立てたもので、この小屋が作られてまもないころ、天井の穴も自分で開けて、特別な記念の品々を入れておく場所として仕切り壁を立てて部屋を作ったのだ。ところが、下の広い部屋と同じで、ここも使えるスペースはたちまち一杯になり、壁を覆うガラクタは何もかも渾然一体となって、いまではノア本人が見てもよくわからなかったりする。階下の広いスペースのゴチャゴチャはべつに気にならないが、上のこの小部屋の散らかり具合にはいささかたじろいでしまう。一個だけの裸電球の下でノアは歯を食いしばって立ち、彼を囲むさまざまな所持品を見渡して、前にきっと画鋲で留めたはずだと思う写真を探す。カウボーイのズボンをはいてカウボーイハットをかぶりホルスターを着けた小さな男の子が写ったその写真は、何年も前に郵便箱に出現したものだった。それを取っておいたのは、ひとつには、男の子の浮かべている歯のない満面の笑みが気に入ったからでもあったが、何といっても、それを送ってきたのがオーパルだったからだった。オーパルはよく、写真やチケットの半券やショーのプログラムを、さらには袋入りのペーパーフラワーなどを、時には手紙も添えずに送ってきた。暖炉の前に座っていて、それまで考えていたことのおかげでいくぶん気持ちも和んだノアは、あの写真を——四つか五つだったころのマックスの写真だ——作業着のポケットに入れておいたら素敵だろうと思いついて、圧力鍋の蓋やややたらと大きいフライ返しを蹴ってどかし、階段をのぼって行ったのだった。あると思っていたところに写真がないことに、ノアは心を乱される。額縁に入れた太陽系の図と、野生の花の種三袋とのあいだにあると思ったのに、代わりにそこにあったのは、ヴァージルの『リア王』から破りとった、泣け、泣け、泣かぬか！　と書いてある紙切れだった。ガラクタと埃で覆われた床に、蛾の死骸がたくさん転がっていることにもノアは心を乱される。あんまりたくさんあるので、足を踏み出すたびに最低一匹は踏みつぶしてしまう。ノアには何だか不当に思える。この蛾たちはきっと、ノアが消し忘れた電灯の光に誘われてここへ迷い込んできて、それがこうして脚も丸まり触覚も折れ羽根もずたずたになって小さな銀と茶の姿をさらしている。そしていまに至ってノアに踏みつぶされてしまうというのは、あんまりではないか。いますぐ立ち去りたいという思いと、一歩も動きたくないという思い、その両方をノアは抱く。どうしたものかと思案しながら、北側の壁を見渡す。そこにはほかの物もいろいろあるけれど、オーパルからの手紙のうち特に気に入ったものを画鋲で留めてあるのだ。いとしいノア、と彼は読み、いとしいノアからいとしいノアへと移り次は人間の脳のごく大ざっぱな断面図に移ってからいとしいノアに移りひどくピントがぼけていて何だかよくわからないオーパルの写真に移ってからいとしいノアに移り次のいとしいノアに移ってまた次のいとしいノアに移る。加えて壁には、五センチの釘で、長年にわたってノア自身がオーパルに送りつづけた手紙を入れた袋が打ちつけてある。新しい方の手紙は別として、大半は病院から――オーパルがノアに手紙を書くことは病院も許可したのに――未開封のまま返却されたものだった。最後のころの手紙は、マックスと二人で療養所へ出かけていったときに、ほかの遺品と一緒に受けとった。手紙は外側に押し花を貼りつけた紫の箱に入れてあった。箱はいま母家の、ノアのベッドのかたわらに置いてある。

ノアは足下を見渡し、どこに足を置けば一番害がないかを決め、そして体を回す。そしてあっと息を呑む。というのも、体を回したときに平衡を失ってしまうからで、体が横に揺れ、膝から力が抜けるのを感じながら、ノアは前につんのめってぶざまに床に倒れ込む。

結局害がないどころじゃなかったな、蛾にも何にも、とノアは言う。

ちょっとした笑い声を、彼は気まずそうに上げ、もう一度、今度はもっと大きな声で笑う。

自分の笑い声が気に入ったのだ。

あのガラクタみんな喰ってくれればよかったのに、とノアは死んだ蛾たちに言う。蛾の何匹かは、ノアが息を大きく吸って彼らの死せる視線を吹き飛ばしてしまうまで、あまりにもヴァージルそっくりにじっと彼を見ているように思える。ただひたすら喰いまくってくれればよかったのに。

何を喰うんだい?とノアは自分に問う。

このガラクタみんなさ、もう言ったろう?

聞こえなかったんだ。

あんた、耳あるの?

それって質問かい、それともいつもの悪口?

ノアは答えない。答える代わりに、横向きに倒れた体を持ち上げ、ズボンから埃と蛾の死骸を払い落として、立ち上がろうとする。

今夜は愛想が悪いんだ、とノアは言う。

べつにいいよ、と彼は答える。

実際、あんたに言うことはもうこれっきり何もないかも。

そういう言い方、前にも聞いたよ。

聞いたつもりなんだな?

ああ、聞いたからね。

ふん、まあいいさ。こっちは写真を探す用事があるんだ、見つかったらさっさと、会話も喧嘩もせずに降りていくよ。

あの写真は燃えちまったよ。

燃えてなんかいるもんか。

結構、じゃあ見せてくれよ、どこにあるんだ。

あんたに関係ないだろ。

どうしてそう思うわけ?

ノアはどう答えていいかわからない。自分と会話しているとよく、答えに窮する状況へ自分自身を追い込んでしまう。自分に向かって声を出して喋るようになる前、まだ頭のなかだけで議論を行なっていたころ、自ら発した質問に答えられないせいで、あるいは十分すばやく答えられないせいで、自分相手の議論に次々負けてしまったものだ。今夜は対話が、自分に罵倒の言葉を投げつけまくって終わるなんてことにはならなくてノアは嬉しい。力が出しきれずに負けてしまうと、よくそうなるのだ。今夜はそういうことに耐えられそうにない。

もう終わりだろ、そうだよな?と彼は言う。

答えはない。

結構、と彼は言う。さて写真を探さなきゃ。

少し経って、写真は本当に見つかる。裏向けになって床に落ちていて、ペンチがひとつ上に載っていた。たしかに部分的には燃えてしまっているが、見る影もないというほどではない。

ノアはしばしそこに立って、マックスの小さな、ずっと昔の顔をじっと見下ろす。

燃えてるもんかなんて言い返して悪かったよ、とノアは言う。

いいんだよ、とノアは言う。

ところで……

今度は何だ?　もう終わりじゃなかったのか。

あんた、その気になれば簡単に……

嫌だ。

確かかい?　すっかり用意は出来てるぜ。あそこのフックをつかめばすぐさ。

そんなの御免だね。

今後生じるだろう不愉快な事態やもろもろの愚かしい状況も、ずいぶん回避できる。

こっちはまだ考えなきゃならないことがあるんだ。

考える！　あんた、愚かだった日々にだって、考える以外何をやった？　それでまだ考えなきゃならないことがあるってのか？

計画があるんだ。

計画！　うとうと居眠りして蜘蛛の糸と話すのを計画って言うのか？

今夜は愛想が悪いって言ったろう。

好きにするがいいさ。

ああするとも。

ノアは肩をすくめ、首を横に振ってから、写真を作業着の胸ポケットに滑り込ませ、階下に戻っていく。

いとしいノア

わたしはツバサを生やします。キレイなツバサです。いろんな色をしていて。ただ、外へ下向きにのびるのでなく、外へ上向きにのびるのです。上から何かにつかまれたみたいに。キレイだけど、正しくありません。わたしはどこかの都会にいて、通りをあるいていて友だち一人のこらずみんなに、いつ行くんだい?ときかれて、いろんなことをすませたらすぐ行くわ、とこたえます。あるきつづけますがツバサは重たくて、わたしはつかれてしまいます。高いビルの底のところにおでこをよりかからせると、まるっきり奇蹟みたいに、わたしはうかび上がるのです。でもおもっていたのとはちがいます。からだの片がわがうかび上がるのです。それからもう片がわが。上を見ると、ツバサがビルのかべをのぼっているのです、ノア。レンガが顔のまえをすぎていきます。あかるい赤色のレンガです。それからいきなり、わたしの頭がビルのでっぱりにぶつかってなにもかもまっ暗になります。少したつとじぶんが見えます。わたしは空にただうかんで、ツバサはかべをのぼっています。きっと大きなビルにちがいありません。ツバサはひたすらのぼっていきます。

元気で　オーパル

ノアは首だけ回してうしろを見て、ぶるっと軽く身震いしてから腰かける。座ると椅子がきしんで、それから静かになる。一、二度大きく息を吸って、えへんと咳払いする。ストーブの扉はもう閉まっていて、中で炎のかけらがいくつか動いているのが見える。炎のかけらがゆっくり、または速く、動いているところを見ると――時には同時にゆっくりにも速くにも見えたりする――ノアにはそれが、あの火事に見える。もうこんな夜更け、火事はもうぐっすり眠っているにちがいないからこれは夢だ。火床の上、黒い金属に星の模様が一列に並んで打ち抜かれ、そこに煤《すす》がびっしり詰まっている。マックスのエジプト猫に、仲間が何匹か加わった。うち一匹の痩せっぽちの三毛猫が、鼠半分の死骸を持ってきて、時おり思い出したように前足でちょんちょん叩いている。猫たちは揃ってノアを見る。ノアは部屋のなかを見渡す。この部屋は、ノアの曾祖父が建てた納屋の土台を使って作った小屋の一角を占めている。農夫で巡回牧師だった曾祖父は、南北戦争の何年後かに説教壇へのぼる直前に心臓発作を起こして死んだ。納屋は郡全体でも最大級の大きさで、ノアはその沈みかけた床板や暗い四隅や奥深い匂いが大好きだった。ルービーが亡くなってまもなく、公式報告に従うなら配線の不備が元で納屋が焼けたとき、消防車三台がタンクの水をありったけ炎に注ぎ込んでやっと消した。新しい小屋は古い土台を一部利用して建てられ、一面だけ残った壁の下半分も使われた。古い壁の部分を半分くらい上がったあたりに、ストーブの前に座ったノアからも見える大きさで「ノアとオーパル・サマーズ、一九三七年」と、ペンキでオーパルの几帳面な黒い字が書いてあるが、「一九三七年」は前に置いた椅子の陰に隠れて見えない。部屋にはいろんな物の山や箱や、火事を逃れた道具や逃れなかった道具の焼けた残骸や半焼けの残骸がぎっしり並んでいる。出来上がっていくらも経たないうちに、新しい小屋はノアの持ち物で一杯になっていった。ある時点で、階上の小部屋同様に、ノアはルールを考案した。だがいまではルールといっても、入口をふさぎすぎないこと、という程度にすぎない。時おりマックスが来てガラクタの山を掘り起こす。あるとき、古いテープレコーダーと、密封缶に入ったテープ数巻が見つかった。マックスはそれらを持ち帰って一週間後に戻ってきて、二人で一緒に、ノアとヴァージルが喋っていてルービーが讃美歌を歌っているのがどうにか聞きとれる録音を聴いた。

これってあのあとだよね。

ノアは答えなかった。

オーパルが入院したあとだよね。

ノアは答えなかった。

マックスはかがみ込んで音量を上げた。

ルービーってなかなかの声してたんだねえ。

録音されていたノアとヴァージルの会話は、ヴァージルが当時読んでいた『レインツリー郡』という書物をめぐるもので、ヴァージルはその本を、「宇宙の歴史を、言うなれば、インディアナの住民たることを奇特にも進んで選んだ聡明でもあり愚かでもある共和国市民の目を通して語り直したもの」と形容した。

もうちょっと大声で話しなよ、とノアの声が言っていた。

なかなか立派な著作だよ、とヴァージルが今度はどなって言った。主人公がやや聡明すぎて逆に愚かさは足りないがな。あと、全体に若干重たくはある。秤に載せてみると面白いかもしれん。

なら鶏小屋に行かせてくれる？

こうしよう、お前があの雌牛を秤に載せるんだ、そうしたらわしも一緒に鶏小屋に行ってお前の相手をしようじゃないか。

このやりとりが引き起こす笑いを聞くのがノアには楽しかった。あんまり楽しいものだから、どうしてクスクス笑ってるのとマックスに訊かれたときもどうにも笑いが止まらず、しばらくして立ち上がってあたりをぐるぐる歩き回らねばならないほどだった。

先日、ペーパーフラワーの袋を見つけたのに続いて、母家の箒《ほうき》入れの奥に何年もぶら下がっていたヒューズ箱をマックスが発掘した。金と茶の小さな箱は縦横の長さがだいたい同じで、蓋の真ん中に明るい赤で円が描いてあって、円のなかに「アロー・ハート」と書いてある。マックスがネジを一個外すと、蓋は簡単に取れた。箱のなかは配線が直角にのびて空のヒューズソケットがいくつかあって、マックスはしばしそれを眺めてから、「アロー」それから「ハート」と二語を口にし、それを聞いて、もう役立たずになった中身から目を離せずにいたノアは、前に見たテレビ番組のことを思い出した。その番組によると、理由はまだ誰にもわからないけれど宇宙は膨張していて、しばらく膨張してから今度は収縮し、かすかな赤色から今度はかすかな青色に、と無限に、果てしなく肥大した心臓のようにくり返すということだった。

小屋中いたるところ、ガソリンのかすかに快い匂いに油のかすかに快さの劣る匂いが混じっている。

もう一度言ってごらん、とヴァージルが言った。

ノアはくり返した。
違う、とヴァージルは言った。
ノアはふたたび言った。
違う、とヴァージルは言った。
床はまだ落ちているとノアは彼に言った。
違う、とヴァージルは言った。
ノアはもう一度言った。
床は落ちていない。
言ってごらん。
床は落ちていない。
もう一度言ってごらん、早口で。
床は落ちていない。床は落ちていない。
だが床は落ちていた。ますます速く床は落ちた。
彼女を出してくれよ、馬鹿野郎、とノアは言った。
黙りなさい、とヴァージルは言った。
床は、すごい速さで、落ちた。

いとしいオーパル

ペーパーフラワーの入った手紙とどきました。どうもありがとう。すごくおもしろそうです。ためしてみたいけど包み紙があんまりキレイなのでやぶくのがもったいなくて。ぼくがなにをしているかときいていたね。このごろはラジオをきいています。あとフェンスをはずす仕事もしています。フェンスにアサガオがからまっているとはずしたくないので、そういうときはのこしておきます。ルービーは元気です。いま母家でテレビを見ていてよろしくといっています。またじきにきみに会いにいかせてもらえるといいのですが。きみの目はいまもオレンジ色ですか。なんだかそれってイヤです。けさぼくたちの家があったところへ行ってみたらいつものとおりかわいらしいきみがそこに立っていました。きみがいなくてさみしいです。

いとしいオーパル

つむじ風の話すごかったです。つむじ風のこと、ぼくもわかる気がする。ぼくもときどきあたまの中につむじ風が吹く気がします。ほんとうにそう、ヒューッ、ヒューッといってます。ほかにはあんまり書くことがありません。きみがいなくていつもさみしいです。

いとしいオーパル

ヴァージルがあのことを話してくれないのでぼくはヴァージルと口をきかないつもりです。もう一週間になりますがほとんどひとこともきいてないしこれからもずっときかないかもしれない。ぼくはホアンカンの仕事をたすけましたがホアンカンはおかえしにたすけてくれないのでもうやめました。おいのりしなさいとルービーはいいます。おいのりしました。でもやっぱりきみはここにいないしぼくたち二人で夕方いっしょにさんぽもしていません。きみのギリのおとうさんは、ぼくがきちんとレイギをまなぶまでおとうさんの土地に来てはいけないといいました。きみにまた会わせてもらうためにサインしてもらわないといけないショルイにサインしてもらいにこないだたずねていったのですがたしかにそのときすこしレイギがたりなかったとおもいます。ほんとにてがみで書いていたみたいになにもかも咲いていたのですか。ぼくもあそこへ行ってたしかめてみたらぼくたちがうえたチューリップがほんとに咲いていました。このごろすごくたくさんのものが見えます。調子のわるい時期が何かいかありました。ぼくはヴァージルと口をききませんがヴァージルはいろいろたすけてくれます。このてがみもよんでくれていいたいことがだいたい書けているかたしかめてくれることになっています。にくんではいけないとおもうんだけどぼくはヴァージルをにくんでいるかも、そういうのってきらわれるんだけど。たいしたこと書いてなくてごめんなさい。きみがいなくてさみしい、かえってきてほしい。

いとしいオーパル

きみがいなくてさみしい。今日は調子がわるくてゆうびんはいたつの仕事でやったことをヴァージルにもフテキセツだといわれました。これでクビかもしれないとヴァージルはきげんがわるいです。車をうんてんしてるときにいつものとおりきみのことをかんがえていたのですが今日はちょっとつよくかんがえすぎてそれでおかしくなっちゃったみたいです。キスゲが咲いていてチコリもで風にふかれてそよぎます。ゆうびんをはいたつしたらさっさとかえらないといけないのにその家の人たちとごはんを食べたのです。犬が何びきかいてせんそうで死んだむすこが何にんかいる家です。ぼくはそのむすこたちを知っていました。うちへかえるとヴァージルにいろいろいわれました。いっしょにもどってもらって二人でちゃんとぜんぶはいたつしてからぼくはへやに上がってきみのしゃしんを見てきみがおくってくれたものの中でもとくべつにとってあるものを見ました。それからベッドの下にはいっていってしばらく目をとじてよこになっていたら何もかもうごかなくなったのでベッドの下から出てこうしてきみにてがみを書いているのです。

いとしいオーパル

きみがぼくのてがみを読ませてもらえるようになってうれしいです。こんどのりょうようじょはいごこちがいいといいですね、きみが元気で幸せでありますように、もっと早くそこへ入れてあげられなくてすまないとおもっています。それはわかってくれるよね。早くそこのくらしになれますように。ローガンズポートからおくりかえしてきた手紙は全部とってあります。

よかったらもういちどおくってもいいよ。でもまあもうただの古いキオクかなあ。じゃあとっておくからもしきみがここへたずねて来られて持ってかえりたかったら持ってかえるといい。たずねて来るっていえばこないだ一人たずねて来ました。スティーヴ・シャンクスっていうずっとまえきみに会いに歩いていったときに会った人です。あのとき歩きながらずいぶんしんみになってくれた人で、また会えてうれしかったです。ものすごいおじいさんで目がよく見えなくてくろうしています。ゾリー・アンダーウッドがこないだ持ってきてくれたチェリーパイがのこっていたので少しわけてあげました。そんなに大したパイじゃなかったしスティーヴはずいぶんおじいさんでいろいろたいへんなのにまだがんばっていていっしょにいて楽しかったです。あのときもあの人のことでちょっと変なものが見えたんだけど、そのあとそれがほんとうにおきたと聞いてすごくきのどくだとおもいました。でもまあけっこう元気でいっしょにいてすごく楽しかった。きみもここにたずねて来れるといいですね。行きたいってたのんでみて何ていわれたか知らせてください。きみといっしょならきっとすごく楽しくすごせるとおもいます。

いとしいオーパル

それっていいかんがえだとおもいますぜんぜんばかみたいじゃありません。ちょうごうやくとか小物とかお面とかのおばあさんのことはすっかりわすれていてきみのてがみで顔のない人がトウモロコシ畑から出てきた話をよんでああそういえばとおもいだしました。お面を二つつくったらここのとくべつなばしょにしまっておきます。ぼくたちがどこへ行って何をしていてもお面はずっとこの小屋にあってぼくたちをキネンするのです。つぎのつぎの火よう日にぼくとマックスとできみに会いにいくとききみの型をとってくれるとマックスはいっています。つくり方は本でべんきょうした、そんなにむずかしくないんだよとマックスはいっています。そうしたらぼくの型もとって、でき上がったらきみが夢で見たとおりきみのとならべておいておきます。きみがいなくてすごくさみしい。やっときみに会いにいけるのでうれしいです。

いとしいオーパル

きみのいうとおりでこうやっててがみを書くのはずいぶん時間がかかります。いいたいことをヴァージルがかわりに書いてくれるといってくれたのですがやっぱりぼくががんばって書いてそれをなおしてもらうほうがいいとおもいました。何ごともやる気のもんだいだとルービーはいっていてまたしばらくきみとはなればなれになってしまうのでやる気ならあります。いままでもきみがいなくていろいろ調子がわるかったしばらく休んだりころんでやっかいなことになったりまたいろんな物が見えたりしていましたがそれがいまはずっとつづいているのです。ついこのごろはしじゅう足下で床が落ちていてぼくもいっしょにジゴクへ落ちていくみたいなのです。畑で手を二かいばかりケガしました。ヒルズバーグでおじさんから聞いたフィンガーレディの話はしたっけ？　それがね、おじさんがいったとおりただのお話で何ごともなかったんだよ。きみがかえってくるのを待っています、そうすればぼくも元気になります。まえよりもっといいうちをたてます。ルービーにはもうそういってあってヴァージルとはいま口をきいていないのでルービーがつたえてくれて、二人ともいいよといってくれたけどきみがかえってくるまでたてはじめるのは待ちなさいといわれました。家のまわりにキレイなものをいっぱいうえましょう。タネのカタログが何さつかあるから二人で見よう。大きなまどをつくっていっしょに明るいところですわれるようにしましょう。

床に転がったガラクタの山をノアは見回し、作業台の上の猫たちを見て、壁に掛かったいろんな道具を見る。壁の方へ歩いていって、大きな鋸に目をとめ、フックから外して、親指で刃をなぞってみる。それから、刃の平らな部分を爪でとんとん叩いて鳴らしてみる。ノアは昔、鋸で音楽を奏でる男と知りあいになった。子供のころ、土曜の朝はいつも、ヴァージルと一緒に町へ野菜を売りに行った。舗装していない道と、くたびれた赤レンガの建物が向かいに半ブロック続く道路——それがこの町の繁華街だった——とにはさまれた原っぱに、二人で台を据えた。いつも決まって、いくらも経たないうちにヴァージルは「ちょっとした友好的談話」を求めてその場を離れ、残されたノアが、一セント貨五セント貨を数え時おり丸々したトマトや箱に入ったインゲンや重たいトウモロコシを客に渡した。例によってヴァージルがいなくなった、客もあまり来ない朝、マスクメロンの山の向こうに目をやると、皺くちゃの顔をした男が人けのない道路の向こう側で低い椅子に座って、ニヤニヤ笑いながらこっちを見ていた。

鋸の音楽って聞いたことあるかい?と男は言った。

ノアは男の顔を見た。何も言わなかった。それから首を横に振った。

そうだろうともさ、と男は言った。そしてニヤッと笑った。明るい赤の鋸の絵を描いた、紫色のケースが、男のかたわらの塀に立てかけてあった。

聞いたこともない音楽だよ、と男は言った。本当さ。

どんな音楽?とノアは言った。

男は自分の爪を見て、それから顔を上げてノアを見た。聞きたいか?

ノアはうなずいた。

こうしよう——そのメロンひとつ持ってきたら一曲弾《ひ》いてやるよ。

メロン、五セントだよ、とノアは言った。

一曲も五セントさ、だからそのメロンひとつ持ってきてくれたらちょうどぴったりおあいこなのさ。

ノアは紫のケースを見てから男を見て、またケースに目を戻した。

その中に入ってるの?とノアは訊いた。

男はかがみ込んでケースの蓋を外し、引っぱって開けた。そして鋸を取り出してから、黄色いつまみの付いた棒をポケットから出した。

ノアはメロンをひとつ手にとった。

うん、そいつ美味そうだな、と男は言って、ノアがまだテーブルを離れもしないうちから弾きはじめた。曲線を描いた鋸に沿って棒が上下に動き、重い、太陽に温まったメロンを持ってノアが歩いていくその空気に、この上なく不思議な音が満ちていった。

ノアが男の前にメロンを置くと、鋸音楽師はニヤッと笑ってなおも弾きつづけ、ノアはまるで、温かい金属の、半分は四角くて半分は丸い水たまりのなかに足を踏み入れたような気持ちになった。

気に入ったかい、坊や？　棒の動きを止めて、鋸を膝の上に置いてから鋸音楽師は訊いた。

ノアはうなずいた。

そりゃよかった。

鋸音楽師は色のあせた作業着を着ていて手首は細く足は大きく、顔は濃いシナモン色で右手には指が四本しかなかった。

かたわらの地面に、水差しが置いてあった。

それ、何が入ってるの？とノアは訊いた。

これかい、トラクターオイルに胸の塗り薬が混ぜてあるだけさ。演奏するのに要るんだよ。

指、どうしたの？

この指のことかい？と鋸音楽師は言って右手を上げ、なくなった指の付け根をくねくね動かしてみせた。この、ここにない指のことかい？

ノアはうなずいた。

長い話なんだよ、と鋸音楽師は言った。そいつはまた今度にしよう。

鋸、見せてもらえる？

鋸音楽師は鋸を見下ろして、眉を吊り上げた。

あそこ、ほかに何があるんだ？

キュウリがあるよ。

キュウリか。駄目駄目。嫌いなんだ。

じゃラディッシュは？　けさ抜いたばかりだよ。

ラディッシュ？　立派な楽器を見るのがラディッシュと引き換えか？　坊やこれは遊びじゃないんだぞ。こっちはれっきとした商売だ。でさ、あそこに見えるのは、美味そうなトマトかな？

ノアは道路を走って渡り、一番大きいトマトを二つ選んで戻ってきた。

よしよし、と鋸音楽師は言った。これならいい、立派なトマトだよ、結構、坊やなかなか商売上手だな。さあもっとこっちへ寄りな、鋸を見てもらおうじゃないか。

ノアが三十秒ばかり手に持たせてもらった楽器は、長さ一メートル近い、歯の大きな鋸で、こいつは俺の祖父さまが南北戦争前にカリフォルニアでセコイアの木を刈り込むのに使った鋸なんだぜと鋸音楽師は主張した。ノアはセコイアの木を思い描いてみた。次の土曜日、鋸音楽師は挿絵入りの雑誌から破りとったページを持ってきた。ピクニックの服装をした何人もの男女が、巨大な幹の並ぶ森のただなかに立っている。この森って本物なのとノアが訊くと、たったいま言ったろう本物だって、と鋸音楽師は答え、これお父さんに見せに行ってもいい？とノアは訊いた。こういう森は実際あるとも、とヴァージルは言ったが、その鋸が本当に昔こういう木に使われたと思うかどうかは断言を避けた。一、二疑わしい点があるな、とヴァージルは言った。鋸は美しく、通りがかった誰もがそのことを口にした。柄《え》には星や月が描いてあって、刃は綺麗に掃除して磨いてあった。演奏すると鋼《はがね》がきらきら光った。鋸音楽師は演奏した。きらきら光る鋼から不思議な音が出てきて、人々の歩みがますますゆっくりになっていった。少しずつ、人混みが出来ていった。通り全体のテンポがゆっくりになった。野菜のうしろに座ったノアはセコイアのことを考えた。そしてピクニックの服装をした男女のことを。遠いカリフォルニアの、暖かい晴れた朝だったが、セコイアのはるか下は涼しくて暗かった。誰が何を言っても柔らかに響いた。人々は話した。男が女に。女が男に。ずっと遠くの方から、鋸で仕事をしている男たちの小さな音が聞こえてきた。人々の足下の大地はひんやりとして滑らかで、歩くと軽く凹んだ。誰かが蓄音機を持ってきていた。黒いレコード盤が回って、涼しい不思議な光のなかに音楽が流れ出た。人々は踊った。いろんな色が彼らの上で舞った。まるで空気がわが身を切り分けて、成分一つひとつを移動させているみたいだった。酸素と窒素はこっち。炭素と水素はそっち。ゆっくり、それから速く。速く、それからゆっくり。人々は踊って、倒れた。結局しまいには、一人残らず倒れた。

その時期にヴァージルから聞かされた物語のひとつに、兵士の一団がインディアンの一団を追っていく話があった。これらのインディアンは、何か罪を犯したか、あるいは何か罪を犯したと責められていたか、それともいずれ責められることになるかもしれないかのどれかだった。インディアンを追って、兵士たちは馬で北の山々や大草原を越え、川を何度も、時には蒸気船に乗って渡り、また渡った。

何ていう船だったの？

ザ・ファー・ウェスト（極西部）。

彼らは馬に乗って山を越え星空の下で野宿して目を覚まし違う暗い空の下で（星はもう変わっていた）コーヒーを淹れてまた馬に乗ってまた野宿して小さな声で歌を歌い煙草を喫ってはるか遠くのロビーや食事や静かな暖炉や銀のランプや絹とギンガムのドレスのことを語りあい彼らの周りじゅうであの暗い全然想像なんかじゃない果てしない空間が広がって頭上にはまたあ

の星空があった。やがて足跡が見つかった。やったぞ諸君、と司令官が言った。眼前にのびた足跡は、兵士たちの何人かがのちに述べたところによれば、怒れる巨人たちの群れが通り過ぎたかのように見えたが、司令官は（この司令官の乗馬靴と拍車はのち博物館に売られた）先へ急いだ。

またある物語では南部で戦火が荒れ狂い、戦況が危機的な時期、指揮官の一人が金切り声を上げながら高い窓から身を投げて岩だらけの坂に墜落した。副官たちに残された指示には、勝利への鍵は自分の折れた四肢の位置によって明かされるであろうとあった。敵の軍隊は、近くの尾根をいまにも登りつめんとしていた。死んだ指揮官が寵愛していた奴隷の女が呼ばれた。女の両手が、彼女の眼前の空気のなかを、あたかも空気を払いのけようとするかのように何度か動き、それから女は下を見た。頭が割れ手足がべったり広がって横たわるそれを目にして、彼女はひと声嘆きの叫びを上げ、スカートを持ち上げて飛び降りた。午後のあいだずっと、二人の周り、二人の頭上で激戦が続いた。ようやく終わってみると、なぜだか誰にもわからなかったが、死んだ指揮官の側が勝っていた。この話を語り終えるとヴァージルはラテン語で何か言い、何て言ったのとノアが訊いて（終わり）、それから、言語っていくつあるのとノアが訊いた（数える気にもならないくらいたくさん）。二人は外に出た。晴れた夜で、ヴァージルはノアに、いま見えているのは光であって、光をその生みの親である星と混同してはならないと言った。星はわしらには絶対見えないんだ、とヴァージルは言った。それからヴァージルは、こうした本質的乖離《かいり》にもかかわらず我々はまさにあれらの星で出来ている、とりわけ我々の星たる太陽で出来ているのであって、まさにそれらによって我々の生存も可能になっているのだと言った。

なあに？とノアが言った。

二人はそこに立っていた。夏のことで、暑く、ヒッコリーの木でセミがやかましく鳴いていた。ここはすごくうるさいな、とヴァージルはあの別の時代、別の夜に言ったのだった。

二人はそこに立っていた。この夜に。ヴァージルは答えない。あるいは、ずっとあとになってからノアにも思いあたったように、頭上の不可解な位置関係を答えとして差し出していたのかもしれない。

わしに何か訊きたいみたいだな、とヴァージルはあのとき言った。遠慮せずに訊きなさい。答えは約束しないから。

どうして指揮官は飛び降りたの？

女が飛び降りなくちゃいけないからさ。そういうふうになっていたんだ。オーケストラの編曲みたいなものだ。一篇の悲劇的振り付けだな。あらかた忘れられた、愛と戦《いくさ》のシンフォニー。

シンフォニーなら音楽が要るよ。

いや、要らん。

いや、要るよ。

お前には要るとしても、わしは同意しないぞ。彼らには大砲と銃の閃光と悲鳴があったんだ。

わかんないよ、とノアは言った。

ヴァージルは何も言わなかった。

全然わかんないよ、とノアは言った。

いつまで経ってもわかるまいさ、とヴァージルはしばらくしてから言った。わしだって同じなんだから。


三週続けて土曜に現われたのち、鋸音楽師はノアに、もうここでは稼ぐだけ稼いだからよそへ行くと言った。

　どこへ行くの?とノアは訊いた。

鋸音楽師はトラクターオイルをぐいと一飲みして、肩をすくめた。どこがいいと思う?

カリフォルニア、とノアは言った。

カリフォルニアか、それもいいかもな、と鋸音楽師は言った。

指のこと、まだ話してくれてないよ。

そうだっけ?と鋸音楽師は言った。

ノアはうなずいた。

鋸音楽師はもう一口飲んでから、フィンガー・レディについてどんな話を聞いてるかね、彼女について何か意見はあるかい、とノアに訊ねた。

フィンガー何?

おいおいまさか、フィンガー・レディのこと聞いたことないなんて言うなよ。

ないよ、とノアは言った。

そりゃまずい、実にまずいぞ、そいつはただちに何とかせんといかん。まずはお前の父さんが作った立派なトマトをひとつ持っといで、それからじっくり話してやろうじゃないか。

ノアはトマトを持ってきた。鋸音楽師はそれを口元まで持ち上げ、リンゴみたいにかぶりついた。

それから彼は、フィンガー・レディの話を語った。

うちの父さんもその話気に入ると思うよ、とノアは言った。

そうかい？

普通に筋の通らない話が好きなんだ、父さんは。

じゃあたいていの話は好きなんだろうな。

ノアはそう言われて考えて、それからうなずいた。

じゃあおじさん、その女の人に、その鋸しか頼まなかったの？

ケースもだ、と鋸音楽師は言った。でも二つ以上のものを頼むときは一息に頼まなきゃいけないしあんまり頼みすぎてもいけないんだ、下手すると何ももらえなくて、こっちは指一本なくしてずんぐりの付け根が残るだけだからな。

そもそもどうしてその女の人、夜は自分の指を外しだの？

すごく綺麗で華奢だからさ。寝ているあいだに、体の下敷きにして傷めちまうのが心配だったんだ。

妹は何ていう名前だったの？

妹って？

女の人が眠ってるあいだに、戻せないように指にガラスとコショウを入れた妹。

妹とは言ってないさ、近所の人間って言ったんだ。お前いつもこんなにたくさん質問するのか？

ノアはうなずいて、それから、妹の方がいいと思うな、と言った。

じゃあ何で妹がそんなことしたんだ？と鋸音楽師が訊いた。

わからないよ、とノアは答えた。初めて聞いた話だもの。

鋸音楽師は笑って、それから身を乗り出した。トゥワイラ。きっとその妬み深い妹はトゥワイラって名前だったと思うね、と彼は言った。

僕の母さん、トゥワイラって名前の友だちがいたよ。

そうか？

そうだったんだけど、そのうち病気になって引っ越してっちゃった。ねえもう帰るの？

鋸音楽師はいましがた立ち上がってケースを脇に抱えたところだった。

もう潮時だよ、と男は言った。

ウィスキーは？

トラクターオイルと胸の薬だってば。それにどうせもう空さ。カリフォルニアに着いたらまたオイルを仕入れるよ。

おじさん、カリフォルニアには行かないよ。

誰がそう言った？

ノアは肩をすくめた。おじさんコルファックスに行くんだよ、とノアは言った。銀行の横に座って何か言って、保安官に追い出されるんだ。

鋸音楽師は声を上げて笑った。覚えとけよ、厄介なことに巻き込まれたり、どうしても欲しいものが出てきたら、何かいいものをフィンガー・レディに差し出すんだ、そしたら空から降りてきて助けてくれるからな。

トマトもうひとつ欲しい?とノアは訊いた。

欲しい、と鋸音楽師は言った。でもその前に別の頼みがある。

なあに?とノアは訊いた。

約束してくれないかな、いま俺が言ったことを一言も信じないって。

その日の午後、ノアは鋸を弾いてみたが、錆びた古い鋸の音は鋸音楽師の出す音とは似ても似つかなかった。がっかりしたが、ノアはなおも頑張って、干し草の山の端に座って脚をぶらぶら垂らし、窓の外の白いナラのてっぺんや小さな散りぢりの雪を見ていた。そこに座って鋸を弾きながら、窓から飛び降りる指揮官たちや壊された柱時計や旗にくるまれた遺骸のことを考えた。そこにあって同時にそこにないいろんな物が見えることについて考え、考えながら鋸を指に押しつけた。鋸を軽く、それからそんなに軽くなく指一、二本の付け根に押しつけて、巨大な家庭用聖書の上にまるでその中へ飛び込もうとしているみたいにかがみ込んでいる母親のことを考え、かつてこの地で野原に住んでいていまはもういない民族たちのことを考えた。おフィンガー・レディ、フィンガー・レディ、とノアは鋸音楽師が言っていたのと同じように言ってみたが、何も欲しいものは思いつかず巻き込まれた厄介も思いつかないので、結局傷があまり大きくならないうちにやめにした。午後は納屋で過ごし、夕飯に呼ばれると、指の付け根に乾いた血をびっしりつけて母家に戻っていった。ルービーは悲鳴を上げ、短い祈りを口にしてから、石鹼と包帯を持ってきてちょうだいとヴァージルに言った。両手に包帯を巻いてもらったあと、何でこんなことしたんだ?とヴァージルに訊かれて、わかんない、壁がゆらめくのが見えたんだ、とノアは言った。それから僕がゆらめいたんだ。まるで空気が自分を切り分けたみたいに。

腹が空いていることにノアは突然思いあたる。最後にいつ何を食べたのかも思い出せない。こ

れはすぐさま手を打たないといけない。トウモロコシかエンドウを食べたいが、冷凍庫の小さなプラスチックの箱に入っている冷凍食品は嫌だ。食べたいのは丸ごとの、粒が水気と甘味ではち切れそうなトウモロコシか、すっかり熟して二、三か所裂けているトマトか、端をちぎった生のスノウピーなんてのもいい。メロンも素敵だろう。朝に菜園で摘んで、一日冷蔵庫で冷やしておいた、果汁たっぷりのマスクメロン。さもなければホウレン草。ものすごく大きな甘いホウレン草の葉を、かき混ぜてサラダにする。道具はたしか台所のどこかにあるはず。何ならニンジンだっていい。冷蔵庫の野菜入れに、寿命の尽きたセロリやリンゴと一緒に何週間も並んでいた萎《しお》れたやつなんかじゃなくて、正真正銘取り立ての、ごしごしこすられ皮を剝かれ食べられるのを待っているニンジン。目を閉じると、ニンジンの味が感じられる。ニンジンのかけらが舌の裏側にあって歯に当たっているのが感じられる。屠《ほふ》ったばかりの、骨から垂れている肉のこともノアは考えはじめるが、じきに思いとどまる――これはさすがにやり過ぎだ。代わりに、空想のトウモロコシを手にとる。粒々がストーブの光を浴びて黄金色に輝き、ほぼ溶けたバターに塩とコショウがからみ、ノアはそれを口に持っていって、嚙む。何もない。ノアは両手をだらんと垂らす。見れば手にはまだ鋸を持っている。ノアはもう一度親指で刃をなぞって、あたりを見回す。

お前ら猫の誰かが下手な真似したら、煮て食っちまうからな、とノアは言う。

馬鹿、全体俺は何やってるんだ、と彼は言う。

鋸を壁に戻して、しばらくあたりを見回すと、ソルトクラッカーが半箱分、古い切れた電球に寄りかかって立っているのが見つかる。ノアはそれを一つひとつ砕いて口に入れはじめる。

6

嵐、オクラのお代わり――証人たち、光の構成物――ノア、ライフルを贈られる、ノア奇妙なレンズを作る――オーパルからの手紙の断片、つむじ風――牧師との面談――ノア納屋を焼く、ゾリー・アンダーウッド、あるラブストーリー――オーパルからの手紙、火事――ノアとオーパル、ファランドール、ケンタッキーへの新婚旅行、小さな家、ポーチでの晩、療養所のオーパル、サトウキビ搾り機、クワの茂みこれはわしの作り話じゃないぞ、誰かから聞いたんだ。これぞ掛け値なしの「五十パーセントの物語」だな。昔むかしある男が、地平線の方で黒と銀の嵐が不吉な光を発しているのを見た。何時間か経って、男が仕事を終えてまた顔を上げたときも、嵐はやっぱりそこにあって、不吉に光っていた。夕食の席で、男が嵐のことを女房に話すと、女房はふうんと言ってから、食卓を離れてしばし窓辺に立ち、やがてまた腰を下ろして、オクラをもう少し食べるかと亭主に訊いた。オクラもう少し食べようかな、と亭主は答えた。翌朝、嵐はもっと近づいていた。それ以後毎日、嵐はじわじわ近づいてきた。きっと明日だな、と男は言った。女房は午前中おおむね自分の部屋で過ごし、それから電話をかけて、午後になると弟のトラックがやって来て出かけていった。その夜、男は遅くまで一人でポーチに出て、いまだかなり遠い稲妻がくり返し音もなくトウモロコシ畑に落ちるのを眺めた。眺めながらうとうと居眠りし、用事が出来て今回は来れなくなったがどうぞ皆さんによろしく、と雷が連絡してくる夢を見た。夜が明けると嵐は去っていた。それとも、去っていなかったかもしれない。そう、たしかに去ってはいなかった。豚たちにポンプで水を汲んでやっていると、一筋の白い光線が、西の森に生えたエレファント・オークの一本を貫くのが見えた。男はポンプの把手から手を離して、光に向かって歩き出し、歩きながら一人こう口にしていた――

ある証人は言った。目が慣れるまで、まず見えるのは、三角形、円、その他さまざまな形をした光の群れである。照らさねばという衝動から解放されたか、光はおのれを何層にも積み重ねていき、さまざまな色の集積となって、それがまもなく分離し、人間同士を優しく引き離すのである。

またある証人は言った。それは大竜巻のなかを上から見下ろすようなものであった。竜巻の真ん中は、何もかも静かであった。それからじきに静かではなくなった。それから――何もかも。

またある証人は言った。私は炎の湖を見た、黒く泡立つ炎の湖を、そしていくつもの魂が炎の上を一方の岸からもう一方の岸へと不完全な弧を描いて流れてゆくのを。

またある証人——白。何もかもが白かった。私たちはみなそこにいた。一人残らず。

十八歳の誕生日の午後、食事とケーキと、プレゼント——22口径の単発ライフル——のあと、ノアの求めに応じて、両親が交互に語り、生まれたときは逆子《さかご》だったことをノアに告げた。そればかりか、いまは食堂になっている部屋で死産で生まれ、台所の流しでヴァージルによって「起こされた」というのだ。その間、医者はベッドの方で必死に手を打っていたということだった。

違うよ死んで生まれたりしちゃいないよあんたは、とルービーは言った。

このことを両親に教わってからというもの、ノアはスズメバチの死骸の羽根を片っ端から集めるようになった。屋根裏、納屋、鶏小屋の窓の下をびっしり覆うハエの死骸に混じったそれを、乾燥させた宝石であるかのようにむしり取った。ゆるやかに傾斜のついた羽先を、乾くと透明になる中国製の糊を使ってつなぎ合わせ、アーモンド型の小さなレンズを二つ作り上げた。そして両親に一度だけそれを通して見させ（こんなふうに見えるんだよ、ものが見えるときは、見えてるみたいな見えてないみたいな感じなんだよ、とノアは言った）、それが済むと手でつぶしてしまった。

その後まもなく、新しいライフルを二人で試していると（森の靄のなか、朝方の光は周りの地面から立ちのぼるように思えた）、ヴァージルが彼に、ずっと前にどこかで読んだ、死が訪れるとき、旅立たんとしている魂はこれから進むべき道を案内してもらえるのだと信じている人々の話をした。

僕もそうしてもらってるの？とノアは訊いた。道案内してもらってるの？

そんなこと全然ないさ。

じゃあどうやって説明がつくわけ、いろんなものが見えること？

説明なんかしない。

しないの、できないの？

両方。

その晩、食卓でノアがライフルを掃除していると（試し撃ちの結果は上々だとヴァージルは言っていた）、リスのはらわたを抜いていたルービーが（リスたちの体には血がほとんど入っておらず、そのせいでしばらくあとにノアが、オデュッセウスのように死者を呼び出す夢を見たとき、生贄《いけにえ》にできるものがリス一匹しかなかったために、呼び出せたのは片腕、片脚、顎、鼻だけだった）、道案内だったら聖書にすっきりわかりやすいのが書いてあるよ、家中のどの聖書にも書いてある、とノアに言った。


一冊取ってきなさい、とヴァージルが言った。

そんなことしたって意味ないよ、とルービーは言った。

一冊取ってきなさい、ノア。

ノアは言われたとおりにした。

読んでごらん、とヴァージルは言った。

ノアは聖書を開いた。言葉が泳いだ。

いいんだよとルービーは言った。こういうのって時間がかかるからねと彼女は言った。まだ読めなくたっていいんだよ。そのうちちゃんと覚えるさ。とにかく洗礼は受けたんだし。あの何滴かの水のなかに、必要な道案内は全部入ってたんだよ。

ノアに送った最後から二通目の手紙でオーパルはいろんなものを描写していた

明るい光につつまれたつむじ風があってそのなかでなにもかもがくるくるはげしく回っていました、地面と石とトウモロコシと木と家と自動車とトラクターとランタンと牛と花と雑草と根っこと野菜とナイフとくわと川とお皿とフォークとかめと押入れと本とホネと流しとバラとタンポポと犬とカマキリとクモとハエと教会とバラと……

古代ペルシャ人はだね、と牧師は、ノア十八歳の誕生日の何年も何年もあと、ヴァージルもルービーもいなくなったあと、牧師自身老いた、灰色の、ガンに冒され針のように細い人物になり果てたときに言った。何か強い液体の入った壜を手に、牧師は西向きの窓辺に置いたロッキングチェアに座って、古代ペルシャ人はだね、と何年も教会に来なかった末に会いに来たノアに言った。彼らは太陽を崇拝していたのだよ、それははっきりしている、だから自分たちが燃やされたり凍え死んだりしたらそれは自分が何か悪いことをしたせいだと知っておったのさ、もっとも彼らにとって悪いとはどういう意味だったかわしにはわからんがね。一方ギリシャ人は、すべてはあらかじめ決められているのだと考えるに至り、人間にできるのはせいぜい、運がよければ——そして運がいいのは英雄だけだ——物事を少しのあいだ押しとどめること、あるいは押しとどめられると信じることだけだと考えた。ペルシャ人を押しとどめることは、はじめあまりうまく行かなかったが、そのうち本当に、おそらくはまさにそう決められているがゆえに、事実うまく行ったのだ。ペルシャ人の憤怒もそれはそれで見るからに恐ろしかったが、かの異教の天国に住む、羽根で飾った正義の子らの身から湧き出る憤怒は陰鬱でありかつ美麗であった。まことにギリシャ人は、一味違っておった。とにかくどこへでも出かけてゆく。だがまずはその前に、目についた生き物すべての喉を片端から掻っ切って、地面にワインと水を注ぐのだ。いわゆる供犠というやつだな。それ以来、数えきれないほどの喉が掻っ切られてきたわけだが、たぶんこれがその起源だろうと思う。たとえばローマ人だ。ずっと昔の我らキリスト教徒の祖先が、奴らにどれほど酷《むご》い苦難を味わわされたか、それはもう想像を絶する凄まじさだ。実際わしも一度だけ、大昔のキリスト教徒になった夢を見たことがある。わし以外、あとはすべて炎だったよ。いずれにせよいまでは神がすべてを受け容れ給う、そのすべてのなかには苦痛も入っておれば苦痛以外のあらゆるものも入っておる、そしてそのすべては――神をほめたたえよ――神のものであり聖なのである。君が教会に来ておれば毎週日曜にわしの背後に見るであろう十字架こそ、この地上で人が手にしうる何より神託の杖に近いものであり、それが何ら特定の方角を指しておらぬこと、すなわちあらゆる方角を同時に指しておることが君にも了解されるであろう。君の父上はそのことを知っておった。知っておりながら、はっきりと退《しりぞ》けた。君の地上の父たるあの人物が、自由な時間をどのように過ごしたか君はご存じか？　あの人が何を企んでおったか、君は認識しておるか？

それって若かったころのことでしょう、とノアは言った。

牧師はノアの顔を見た。

君本気で思うのか、あの人が考えを改めたと？　喋るのをやめただけでなく、考えるのもやめたと本気で思うのか？

ノアは答えなかった。

よろしい、と牧師は言った。おそらくは誰もが知っていたことであろうし、まあ、いまとなってはどちらでもよいことであり、気にかけるには及ばん。けれども、これだけは言っておく。わしが思うに、聖なる父はついに、あの人の石頭に大きな穴を開け給うたのであり、あの人の脳味噌を引きずり出し給うたのだ。それが正義というものだ。我らが主は正義の何たるかをご存じである。いにしえの日々、人々は洞窟に入っていって、世界はどっちに回っているか、それについて何を為すべきか、老いた女性たちに問うた。わしに言えるのは、その老女たちの考えがいかにしばしば正しいものであったにせよ、その神なき口を開くたび、それら老いた穴居人女性たちの口、そしてその通訳たちの口から出てきたことはすべて偽りだったということだ。わしはケンタッキーにある、煙に包まれ聖なる硫黄に包まれた教会で育った。心配するには及ばぬ、とわしらの牧師さまは仰有《おっしゃ》った、すべてはいずれ真《まこと》となるのだから、なぜならもともとすべては真以外の何ものでもなかったのだから、神のてのひら（左手には罪人、右手には聖者）の真ん中に在って人はみな綺麗さっぱり押しつぶされる定めなのだ、いずれはすべて、最後の審判の日が訪れたら（そう言いながら牧師さまは両のてのひらをぴったり押しつけた）指一本の長さの炎に還《かえ》るのだ、そう牧師さまは仰有った。その炎を吹き消し給うも、冠《かんむり》に添え給うも、すべて神の御心《みこころ》次第なのである。

ここで牧師は咳をして言葉を切り、例の液体をごくごくと飲んで、また少し咳をしてから両目を拭ってノアを見た。

君はある種の占いをやるという評判だそうだな、と牧師は言った。わしの肺について何かわかるかね？

僕の妻のことを知りたいんです、とノアは言った。

わしの肺だよ、黒くなっておるか？　あとどれだけ生きられる？

僕の妻のことを訊きにきたんです、とノアは言った。ついさっき聞いたんです、妻が電気ショックや氷風呂をやられてるって。

牧師はノアから顔をそむけ、もう一口飲んで、首を曲げて窓の外に目をやり、そのことだったら誰に訊けばいいかわかっておるだろうに、と言った。

もう訊きました、とノアは言った。

で、何と言われた？

仕方がなかったんだって言われました。死者が出たかもしれないんだからって。

祈ればよかったのだ。

僕の母は祈りました。

いい方だったな、君の母さんは。あの方が祈ったら効き目があっただろうな。だがこれについては君が祈るべきだったのだよ、ノア・サマーズ。君が祈っていたなら、天使たちが棲んで光を夢見るあの聖なる国において聞き届けられたはずなのだ。君、祈ったか？

あなた僕の母さんに恋していたんでしょう、とノアは言った。

君、それは中傷というものだぞ。わかるか、「中傷」という言葉の意味が？

ノアは答えなかった。

掛け値なしの中傷だぞ。

ノアは牧師に礼を言って帰ろうとした。

君はオーパルの回復を祈るべきだったのだ、ノア・サマーズ。

ノアは片手をドアの把手にかけた。

待て、と牧師は言った。

ノアは把手から手を離し、ふり向いた。

きつく当たってしまったな、と牧師は言った。こんなにきつく言うべきではなかった。君の父さんのことをあんなふうに言うべきではなかった。あれは失言だった。あんなことを言ったばっかりに、君の母上の魂と救済をめぐる私の関心について、中傷めいた考えを君の頭に植えつけてしまった。全智なる神が君に与え給うたものが、つねに楽なものではなかったことはわしも承知しておる。君が己の妻と呼んでおる女性について君は訊きにきたのだから、わしも自分が知る限りの答えを君に伝えるとしよう。

そうして下さい、とノアは言った。

牧師は窓の方に顔を向けて、唇を動かし、少し経ってからノアの方に向き直り、広い額の下から流れ出るような目でじっと彼を見据えて、言った——神はすべてであり、あらゆるところにおられる。彼女は焼けも溺れもしないであろう。

右、左にごくわずか動かす以外はずっと目を一点に据えているせいで、ノアは疲れてくる。時にはあまりに疲れたせいで、骨が体から離れてしまったような気になる。そのあとに、一山の皮膚と、白髪と、着古した作業着とが残ったような気に。

何かほかのもの見に行けよ、とノアは猫たちに言う。

あっち行け、とノアはささやく。

口の周りの空気は冷たく、歯がかすかに痛む。窓ガラスが揺れるのが聞こえる。ノアは目を閉じる。窓ガラスが揺れる。ノアは目を開ける。ストーブの方に身を乗り出すと、猫たちがいなくなっていることに気づく。

ヒューッ、とノアはささやく。

周りの薄暗がりのなかで、壁が、物の山が光る。傷んだ針金を藁《わら》で巻いてマッチで火を点けそれがじわじわ燃え出すのを眺めた直後の光り方とよく似ている。不思議なことに、消防署は来たし保安官も来たしノアは彼らに何もかも話し火事を起こしたのは僕ですこれは僕の火事なんです僕は狂ってるんです僕が火を点けたんです僕はとことん狂ってるんですヴァージルもルービーももう死んだんだからさっさと病院を呼んで僕を連れてかせた方がいいですよと言い、大声でわめき散らしたのに、消防署は帰っていき保安官も帰っていき病院は来なかった。来たのは近所の人たちだけで、納屋の残骸を見にきた人もいたしノアを見にきた人もいた。

さあ僕の手握ってみてください、僕はまるっきり狂ってるんです、頭のなかはサーカスなんです、そう彼らに言ったが誰もその手を握ろうとはしなかった。何やらもごもご呟いて、気をつけてくださいよ、と言って首を横に振っただけだった。

そのうちの一人、隣の農場に住んでいるゾリー・アンダーウッドが、二週間ずっと毎日夕食を届けにきてくれた。ノアが食べているあいだ一緒に座って、何も言わずにただノアを見ていた。

僕は狂ってるんだよゾリー、僕はあの糞いまいましい納屋をわざと燃やしたんだよ、とノアは言うのだった。

あたしはそんなこと全然知らないし、わざわざそんな野蛮な言葉使う必要ないよ、とゾリーは言うのだった。

ある日の午後、東側の林の外れの古いトウモロコシ置場に何本か釘を打ち込んで帰ってくると、ゾリーがクラブアップルの木の下に立っていて、綺麗な青いドレスの胸元で腕を組み、彼を待っていた。

あんたが狂ってたって構わないよノア、とゾリーは言った。

ノアは何も言わなかった。

あたしたち二人とも一人きりなんだよ、と彼女は言った。

君のエマソンは死んだんだよ、ゾリー・アンダーウッド、とノアはしばらくしてから言った。

僕のオーパルは死んでない。

保安官が二度来た。

病院よこした方がいいですよ、とノアは保安官に言った。狂ってたのははじめから僕の方だったんです。知ってるでしょう、たいていはそこにありもしないしあったこともないものが僕には見えるんだし、自分の舌を飲み込もうとするし、今度は納屋に火を点けたんだ。

二度目に来たとき保安官はノアに、ヴァージルとルービーが納屋に保険をかけていてその保険はまだ有効であり配線の不具合が出火の原因だったというのが公式報告なのだと言った。あの残骸のあたりに新しい建物が建つよう、必要な手配は自分がしておくと保安官は言った。

立ち去る前に、保安官は片手を腰に当て、帽子をうしろに傾けて、このごろゾリー・アンダーウッドが晩ご飯作ってくれてるそうだなと言った。

うんそうだよ、でももう来ない、とノアは答えた。

もう来ない？

そう。

どうして？

僕は結婚してるからさ。僕には女房がいるんだよ。

おいおいどならなくてもいいじゃないかノア。

連れてってくれよ。病院に電話して、僕を連れていけって言ってくれよ。じゃなきゃ自分で行く。行くからって伝えてくれればいい。入院させろって言ってくれよ。金は払うから。貯金があるんだ。家のなかにあるんだよ。あんたにあげる。

その話はもう済んだじゃないかノア、ずっと前に。

最後の一セントまであげる。

保安官は長いあいだじっと彼を見つめていたが、やがて首を横に振って、帽子を押して戻し、車に乗り込んだ。

新しい小屋が出来上がると、保安官は三度目の訪問を果たし、小屋をじっくり調べて回ったあと、ぺっと唾を吐いて、言った。なあノア、君が狂ってるかどうか私にはどっちでもいい、ほんとに狂ってるのかもしれん、でもとにかくこないだは火を点けたけど君はもう今後火を点けたりしないだろうよ。

保安官の言ったとおりだった。いまに至るまでノアは火を点けていない。なぜなのか自分でもよくわからないが、たぶん自分のなかにはあのひとつの火事しかなかったのだろうという気がしている。それにノアはこの小屋が気に入っている。出来たばかりでがらんとしていて壁からまだペンキの匂いがしたときも気に入っていたし、いまのようにガソリンと油の匂いがしていろんな道具や品物がごちゃごちゃあってストーブからの光があふれているのも気に入っている。ノアはこの小屋が好きだ。暖炉にもう一本薪をくべる。指を引っぱって小さな、不完全な握りこぶしを作る。ノアはうめき声を上げる。

昔むかし一人の男がいました。昔むかし一人の女がいました。昔むかし一人の男がいて一人の女がいましたがやがていなくなりました。僕が知ってるのはそれだけ。

いとしいノア

それは王冠です。

（王冠　王冠　王冠）

背の高い王冠です。

（背の高い　背の高い　背の高い）

明るい宝石と暗い宝石があります。

（明るい　明るい　明るい）

はがねが歯みたいに光ります。

（歯　歯　歯）

金《きん》が炎のように光ります。

（炎　炎　炎）

元気で　オーパル

ノアはストーブの前に座ってうとうとしている。彼は夢を見る。夢のなかで、奥の部屋の、道具に覆われた壁がだんだん透明になっていき、少し経つと、そこに人々がいるのが見えてくる。人々の向こうにもうひとつ壁があって、その壁の向こうにもっと人々がいる。はてしなく、どこまでもいる。みんな動いている。ゆっくりと、横方向に動いて、みんなノアのことを見ている。片脚がびくっと跳ねてノアは目を覚まし、目が覚めるとノアは若者になっていて、ほかの若い男女と一緒に輪になってぴかぴかの床に立っている。やがて音楽がはじまる。ノアには聞こえないがきっと音楽がはじまったにちがいない、みんないっせいに動き出すからだ。いとしいノア、と彼らはみな動く。すばやく。ノアは滑るように動き、あるいは滑るように動くよう努め、ほかの者たちのあいだを出たり入ったりして、それから、あたかも何かの物語のなかに入り込んだかのように、ノアの両腕が一人の若い女の腰を包む。騎士が身に布をまとった貴婦

人に出会います。騎士は貴婦人を欲します。貴婦人は騎士の血統を詳しく聞くことを欲し、二人は緑の木立を朗らかに進んでいって、やがて面と向きあいます。二人は面と向きあうのです。そしてノアは、砂利を敷いた納屋の前庭をオーパルという名のその若い女と一緒にゆっくり歩いていって、トウモロコシを容れる大きな缶の影のなかに入っていき、それからオーパルの腕のなかに入っていく。そしてみんなカロルを踊りそれがファランドールに切り替わりみんなは月に照らされカロルを踊りそれが陽気なファランドールに切り替わりやがて誰かが死んで神に召されみんなは緑の木立のなかを悲しげに帰ってゆきます。

気持ちいいわね、と若い女は言う。彼女の背は高く、髪は真っ黒、目は石炭のように青光りし、弧を描いた細い眉はどこまでものぼっていくように見える。病を患った親戚の農場を引き継ぐために、彼女の一家はキャス郡からティプトンに越してきたばかりだ。彼女はいい匂いがする。ミントとバジルとライラックを混ぜたような匂い。二人は一緒に歩いたり、立ちどまって静かに話したり、話さなかったりする。

じゃあぜひうちに遊びにきてね、ノア・サマーズ、と彼女は夕べが終わりを告げみんなそれぞれの車へと向かうなかで言う。会いにきてよね、ミスタ・ノア・サマーズ、と彼女は言う。大したうちじゃないけど、お宅と同じで土地は百エーカーあって、馬もいるし玄関ポーチにはブランコがあるのよ。

ノアはトラックを走らせ、ブランコを見にティプトンへ行った。そして、彼女が温かいピーカンパイを半切れノアの口に押し込み、嚙もうとする彼になるべく嚙まないようにするのよと諭《さと》し、コップ一杯のバターミルクでそれを流し込ませると、ノアは彼女とともに百エーカーの土地を歩いていった。雨のなかで二人一緒に立ち、小さな、吹きさらしの豆畑の向こうを一緒に見やり、トウモロコシ畑のなかを一列になって歩いた。トウモロコシの皮が彼らの顔を撫でた。

これって好きだわ、と若い女は言った。

あのパイとバターミルクもよかったよ、とノアは言った。

何もかも完璧だった。夏の終わりの、涼しい晩だった。ノアは両手を彼女の顔に当てた。指はまだなくなっていなかった。指が彼女の顔の隆起をなぞり、彼女は微笑んだ。

あなたがそうやるの、百パーセント好きだわ、と彼女は言った。あなたの名前がノアだってこと、百パーセント好きだわ、と彼女は言った。あたしたち二人でいいかだに乗ってるか、アヒルか白鳥かカナダガンみたいにふんわり水に浮かんでられるかして、そこへ雨がざあざあ降ってきたらいいのに。

何もかも完璧だった。日暮れどき、かがり火が燃やされ、周りで子供たちが長い燃える棒を持ってきゃあきゃあ声を上げながら踊っていた。星空の下、子供たちが暗いオレンジ色のなかをぴょんぴょん跳び抜けるのを二人は眺めた。

暗くなってから、二人一緒にそこに座って、あたしおかしいのよノア、と彼女は言い、どういうこと?とノアが訊くと、みんなそう言ってるのよ、と彼女は答えてからにっこりノアに笑いかけ、手をのばしてノアの顔の前で指をくねくね動かしてから、片手を火のなかに入れた。

たぶんそんなことはなかったのだろうがずいぶん長い時間が経ったように思えたあと――その夜、車で家路に向かいながら、きっとそんなことはなかったのだとノアは自分に言い聞かせた――彼女は手を火から出して、触ってごらんなさいよ、と言うのでノアが触ってみると、彼女は声を上げて笑い、あたしこういうふうにおかしいのよ、と言って、ノアは身を乗り出して唇を彼女の頬に当て、それから、その手に水をかけに行こうよ、と言い、いいわ、ノア・サマーズ、と彼女は言って、二人は一緒に、てのひらを上に向けた彼女の手の、ゆるやかに丸まった指に冷たい水が注がれるのを見守った。

秋になるとノアは彼女の家族の仕事を手伝い（家族といっても両親じゃないのよ、両親は百パーセント死んだのよと彼女は言った）、いまふり返るとその誰一人として思い出せないのだが一緒になってサトウキビを刈り取り、搾り機にかけた。霧が彼らおのおのの顔の前をよぎって行くであろう、と日曜日に牧師が、二人一緒に、静かに一緒に座っている彼らの前で言った。

ノアは彼女の顔を覚えている。

いい娘《こ》だね、とルービーは言った。

そうだな、とヴァージルも言った。

もう一回言ってよ、ほんとだって誓ってよ、とノアは二人に頼み、彼らがそうしてくれたことをノアはいままで何度も思い返してきた。


ヴァージル、ルービー、スピアーズ家の人々のあいだでさんざん話し合いが持たれた末に、一同は結論に達した。すなわち、二人が離れようのない間柄になったこと、とはいえ花嫁候補の方はローガンズポート滞在歴もあり花婿にしても独自の明白な奇癖を有することから鑑みて、ある種の結合が果たされるのは妥当だとしても、教会・郡といった公の組織を巻き込むのはもう少し様子を見るべきである。事態にはヴァージルが全面的に責任を取り、しばらく試行期間を経てから、公式の事柄に関してはまた改めて考える。

どういう言い方だって構わないよ、僕たち夫婦になるんだから、とノアは言った。

もちろんそういうことさ、とヴァージルは言った。

結婚して夫と妻になるんだ、とノアは言った。僕は一生彼女を愛すよ。

そうだろうとも、とルービーが言った。

ヴァージルが取りしきり、ルービーと、オーパルの義父ラルフ・スピアーズが同席して式が行なわれ、プラトンやらセネカやらミシェル・ド・モンテーニュやらをヴァージルが相当長たらしく引き合いに出したのち、ラルフがオーパルにただ一言、大人しくしてるんだぞ、と忠告した末に二人はケンタッキーの洞窟へ新婚旅行に出かけた。この洞窟は、数年前にヴァージルとルービーがノアを連れていった場所で、今回も彼らは、ことが円滑に運ぶよう一緒に来てくれて、廊下を奥へ行ったところに別に部屋を取り、ゆっくり行っておいで、二人で楽しんでおいで、と言ってくれた。

二人は街なかを歩いた。カウンターに座って、マスタードを塗りすぎたハムサンドを食べた。大きな洞窟を見て回るツアーに加わり、肩を寄せあい手をつないで歩いた。

綺麗なピンクの柱になって一緒に育っている鍾乳石と石筍《せきじゅん》みたいだと彼女は言った。

何が?

こうやって一緒に、手をつないで歩いてるあたしたちが。

ツアーは彼らを洞窟のさらに奥へと導いていき、ロープでさえぎられた通路の前を通りかかった。

ここ行きましょうよ、とオーパルが言った。

ほかのツアー客たちが角を曲がって姿を消すのを待って、二人はロープの下をくぐり抜け、狭い通路を下っていって、もう一本のロープをくぐり抜けた。一隻のボートのへさきが見えた。オーパルはボートに乗り込もうと言い、ノアはオーパルの行きたいところならどこであれ行きたかったから、二人でそっちの方へ行きかけたが、うしろから男が一人やって来て、お二方、ツアーに戻られませんか、と声をかけた。

あたしあのボートに乗りたい、とオーパルは言った。

洞窟ボートは今日はお休みなんです、奥さん、と男は言った。

オーパルはにっこり笑った。あたしオーパルっていいます、こっちはあたしの夫のノア。あたしたち新婚旅行なんです。あのボートに乗って地下の暗い川を下っていきたいわ。

男は二人を見た。そしてにっこり笑った。私にも新婚ほやほやの甥がいましてね。こっちへどうぞ、と男は言った。

黒々とした滑らかな水の上を、ボートがすうっと進んでいくとともに、男は帽子をうしろに傾け、歌い出した。

それからしばらく、二人は一緒に暮らした。

夕方には二人でトラックに乗り、野原を走った。溝にキスゲが咲いていて、蝶が雲のように飛び交い青いチコリが生えていて、彼らが通りかかると人々は手を振ってくれて彼らも振り返した。

あるときにはかつてノアが氷の下に落ちた湖まで出かけていって一緒に泳ぎ、沈みましょうよ、とオーパルが言って二人は沈み、暗い砂っぽい水底で手をつないだ。

昼のあいだオーパルはルービーを手伝って家事や庭仕事や菜園の手入れに励み、賢い娘《こ》だよ、「ほんとにすごく賢い娘だよ」とルービーは言い、晩は時おり四人一緒に食卓を囲んでヴァージルが喋ってオーパルが聴き、ヴァージルがオーパルに質問してオーパルが答え、ノアは皿洗いを手伝いルービーが彼にウィンクを送ってよこし彼もウィンクを返し、それからみんなでデザートを食べてから二人とも皿洗いを手伝ってそれから百メートルの距離を歩いて自分たちの家に帰った。

夜になると窓辺に据えた大きなベッドに一緒に横になって部屋のなかには花がありチューリップが飾ってあって玄関ポーチにも近いベッドでノアは、どうかなあ、わからないよと言ったが、大丈夫わかるわよ、きっとわかる、とオーパルは言い、どうかなあとノアは言いきっとわかるとオーパルは言いベッドがぐるぐる回って、回ってるよとノアは彼女に言い、ええそうねと彼女は答えノアは何も言わず何も見えずただただ彼女がいて二人の家があってゆるやかに回るベッドがあるだけだった。

ある夜遅くにヴァージルがやって来て、二人と一緒にポーチに座り、そよ風が吹いていて、わが家のポーチへようこそとノアが言うと、ありがとう、とヴァージルは言って、これは純粋に薬だよわかるねと言いながら二人にブラックジャックを一フィンガー分ずつ注いでくれて、わかります、と答えたオーパルはルービーが結婚祝いに買ってくれた青いギンガムドレスを着ていて、そよ風がドレスをくるぶしのあたりで揺らし、そして

遠くの方で雷雲《かみなりぐも》が広がり三人で稲妻を眺め、ひょっとして嵐になるかなとヴァージルが言って、やがて本当に嵐になって三人で嵐を眺めていると、ダイヤモンドが破裂してるみたいねとオーパルが言い、すごく綺麗、あたしたちみんな生きていられて嬉しいわ、死んでいなくて嬉しいとオーパルは言った。

結婚式から一月と十日経った、一九三七年六月二十二日の朝、オーパルは食卓から立ち上がって、寝室へ入っていき、ベッドに横になって、しばしじっと動かずにいたのち悲鳴を上げはじめた。一時間ずっと、悲鳴は止まなかった。

そして夕方ノアが帰ってくると、家は、二人の家は、燃えていた。

ノアが駆け込んでいくと彼女は台所に座っていて、片手を食卓に、片手を膝に載せていた。壁は二面火が点いていて、熱い煙の細長い指が食料室の扉の下から出てきていたが、彼女はノアを見て、いつもの夕方と同じように、にっこり笑って、お帰りなさいと言った。

ごめんなさい、カーテンに火を点けちゃったのノア、あなた晩ご飯何がいい、お父さまお母さまもじきいらっしゃるのにあたしまだ何も支度してないの、と彼女は言った。

ここを出るんだハニー、いますぐ出るんだ、とノアは言った。

そんなことする必要ないわ、いますぐ出なきゃいけない理由なんて何もないわよノア、とオーパルは言った。

いますぐだ、とノアは言った。

オーパルは両手をのばして食卓の両端にしがみつき、来るのか来ないのか、とノアは言い、行かない、とオーパルは言って、いまや食料室の扉にも火が点いていてその真ん中に黒とオレンジの輪ができていてヴァージルとルービーが外で叫んでいるのがノアにも聞こえ、さあ行こうオーパル、とノアは言いオーパルはさっきからふたたび悲鳴を上げていて結局ノアは食卓の両端からオーパルの指を無理矢理引きはがし悲鳴を上げている彼女をなかば引きずりなかば抱えて芝生に連れ出したのだった。

いとしいノア、

と彼女は言った。ノアが最後に彼女を見たときのこと。もうそのころ彼女は老人だった。大きな窓があってあたりにはかぐわしい匂いが漂い、緑色のビロードの絨毯が床を覆っていた。

畑みたいでもあり畑じゃないみたいでもある。覚えてるノア？

うん

黒い土も？

うん

黒い土と裸足だったこととあなたの足音が聞こえなくて体で感じられただけだったことも？

うん

雨は降ったのノア？

雨はざあざあ降ったのいとしいノア？

うん

うん

うん

庭のどこかにサトウキビの搾り機が置いてある。どこにあるのか、ノアには思いつかない。一度どこかで見かけた覚えは何となくあって、かつてあの小さな家が建っていたあたり、焦げた土台石二つのあいだのクワの茂みの陰に隠れていた気がするが、それからノアは、自分がまたいつの間にか居眠りしていたことに気づき、今回は人々が壁のなかに立っていて透明なのは壁でなく人々であることを悟る。彼らがゆらめき、やがてじわじわ消えていくのをノアは見守り、ついには彼らは完璧に透明になる。

7

オーパルからの手紙、マックス――ノアとヴァージル、ノアとマックス――もう一人のノア――面、氷の上、枝が凍りついた木――ヴァージルもう一度言う、ツルウメモドキの入ったカップ、中国語で書いた星の地図――訪問客たち――リティシア・バンチ、マックスの到着――オーパル連れていかれる、ローガンズポートまで歩いていくノア――オーパルからの手紙、ライラック――ノア大きく息を吸う――手相見師、終

いとしいノア

一日じゅう雨がふっていました。あたらしいエサ箱にハチドリが来るのをたのしみにしていたのに一羽も来ませんでした。とにかくわたしが見ているあいだは来ませんでした。雨がキライなのかしら。どうおもいます？　ハチドリってすごく小さいのよ、かわいい想いみたいに。あなたのところに、あるひとをいかせます。マックスという名まえです。ハチドリを待っていたらやって来たので、こんにちは、知らないひとですね、といったら、ええそうです、というので、で？ときましした。そしたら何者なのか名のったので、じゃあノアに会いにいくといいわよとわたしはいいました。それもいいですねとそのひとはいって、わたしはそこにすわってそのことをかんがえてみました。いいひとですよ、ノア。すごくいいひとで、わたしにユリの花をもってきてくれて、そのうち片手をわたしの手にかさねました。そうっとやさしく。わたしはその人のユビを見て、そのユビのことをかんがえて、ごめんなさいねとあやまったら、いいんですとそのひとはいってくれたのにわたしはまだそのままそのひとのユビを見ていてごめんなさいねごめんなさいねとけっきょく百ぺんくらいあやまってしまいました。

元気で、オーパル

いまは午前四時半、ノアは椅子の横の床にいつも置いている小さな石の水差しから飲んでいる。水差しのなかには、菜園の端にそって勝手にのぼってくるブドウのつるを使って毎年秋に作るワインが入っている。ワインは色も濃く、強く、仕事前の早朝にストーブのそばに座ってそれをちびちび飲むのがノアは好きだ。冬のあいだ、畑の仕事がないときなど、時にはあるときでも、一日中ストーブのそばに座って水差しからちびちびやっていることもある。でも今日は、夜が明けたらすぐ、鋸と梯子を持って畑の向こうまで出かけていかなくてはならない。切らないといけない枝が七本あるのだ。もうすでに数えた。どの枝も氷に覆われていて、いまではもう年寄りになったゾリー・アンダーウッドの家までのびた電線の、すぐ近くまで垂れてきている。氷に包まれたぎざぎざの枝がどれか折れでもしたら、電線が切れてしまいかねない。切れた電線ならノアも前に見たことがある。それは調子のおかしくなった巨大な溶接トーチみたいに、あるいは、昔ヴァージルが読んでくれた本に出てきたものみたいに見えた。

そして彼らが来《きた》るとき、それは浄《きよ》めのためであろう。

彼らって誰？

知らない。いいから黙って聞いてなさい。

切れた電線が三時間ずっと白い炎を吐き出した末、やっとのことで郡が電気を止めた。これはヴァージルが喋るのをやめ朗読するのもやめて、丸椅子と草刈り鎌を持って畑に出ていくようになったあとのことである。ノアが行ってみると、ヴァージルは、蛇のようにとぐろを巻いた電線がかろうじて届かないあたりに立っていた。

お前は六つの青いアーチをくぐり抜けることだろう、と、それより何年も前にヴァージルは朗読した。そして次に、六つの青い壁を通り抜けることだろう。

どうしてそんなことわかるの？

わかりやしないさ、もちろんわかりやしない。でもそういうこともありうるじゃないか。

ありうることなんていくらでもあるじゃない。

それを言えば、絶対ありえないことだっていくらでもあるぞ。

天国とか？

そんなこと言ってないさ。

天国なんて絶対ないと思うな。

母さんの前でそんなこと言うなよ。

父さんはあると思うの？

ヴァージルは眉を吊り上げた。

何かはあると思う、でも天国じゃない、とノアは言った。

じゃあ何なんだ？

ノアは肩をすくめた。わからない。でもそのうちだんだんわかるんじゃないかな。

電線と木のことをノアに伝えたのはマックスだった。晴れた日の午後には、マックスは畑へ散歩に出かける。雪のなかに残るマックスの足跡をノアは何度か見たことがあるし、時にはそれをたどって歩いてみたりもする。しばしばそれは、畑の真ん中まで出ていっていったん止まっている。そこまで行くと、ブーツの下の雪が凍りつくまでマックスが立っていた場所や、雪のなかに座ったり横たわったりしていた場所がわかる。あるときノアも、何年かぶりに、柔らかい冷えた大地の上に寝そべって雲のない空を見上げてみた。またあるときは、くねくね曲がったマックスの足跡をたどって、雪をかぶった豆の切り株やなだらかな起伏を描いて広がる野原を抜け、サウスウッズも抜けると、砂利坑を覆っている水面に出た。この砂利坑を発見し、やがて売却したおかげで、ノアはやっとオーパルを病院から出して療養所に入れることができたのだった。足跡は砂利坑の真ん中までのびていて、そこに、マックスがひざまずいて雪をどかした跡が見てとれた。風が吹いて、粒状の結晶の薄い膜がふたたびそこにかぶさっていたので、ノアも手でその膜を払いのけた。そして身を乗り出すと、にっこり微笑んだ。そこには、氷の暗い灰色の表面をこするようにして、マックスの字で「晩ご飯を持っていくからね」と書いてあったのだ。

ポークチョップ、マッシュポテト、冷凍のエンドウマメ、たっぷり分厚いブルーベリーパイ二切れをマックスは持ってきて、二人で食べ終わると、コーヒーを淹れてくれて、テーブルの上にカップを置いてから深々と椅子に座り、彼女はあなたを少しも恨んでませんでしたよ、と言った。ヴァージルのことも、少しも恨んでいなかったし。彼女と直接話したときも――カルテに書いてあることとは関係ないですからね――またきっとあんなことをくり返していただろうと言ってました。もう一度やったら、二度目はもっとひどいことになっていただろうって。あの時点では、とにかく助けてもらえる場所に入れてもらうことが最善の道だったんだって。

そういう話は前にも聞いたよ、とノアは言った。

うんそうでしょうね、とマックスは言った。

あれが最善だったんだって、何人からも言われた。君の奥さんは病院に入れてやるのが最善だったんだよ、実は君の奥さんだけで済む話じゃないってことは誰も君に言わなかったけどとにかくあれが最善だったんだよ、云々かんぬん。

マックスはノアの顔を見た。そしてコーヒーを一口飲んだ。

そうでしょうね、とマックスは言った。

そうだよ、とノアは言った。

マックスはうなずいた。

君はどうなんだ？　奴らが彼女を閉じ込めたのは君にとっても最善だったと思うのか？

マックスはもう一口コーヒーを飲んで、少し注ぎ足し、部屋のなかを見渡してから、また深々と椅子に座った。

そうだなあ、とマックスは言った。それから肩をすくめた。まあ僕はいちおううまくやってこれたと思いますよ。どうなのかなあ。名前を変えさせられたりもしなかったし。少なくともファーストネームは。まずは正当に扱ってもらえましたね、あちこち引きずり回されたわけでもないし。オーパルのことはずっと知ってました。当時の状況からして、オーパルはいないし、あなたもあなたなりに問題を抱えていたわけだし、たぶんあれが僕にとっても最善だったんじゃないかな。

たぶんな、とノアは言った。僕ときたらさんざんロクでもない真似を企んでたからな、一緒にいて楽しい人物とは言いがたかったね。まあそれはいまも変わってないだろうけど。

ノアはにっこり笑って、それからコーヒーに手をのばし、だが飲まずにまたカップを下ろして、額を一方の手のひらに持っていった。少し経って、また目を上げた。

おかしなことにさ、あのあとも僕はまだ彼のことが好きだったんだ。

ヴァージルのこと?

やってはみたのさ。一度か二度は、殺してやろうかと考えたこともある。そのくらいおかしくなってたんだよ。だけどそれも長続きしなかった。

うん、しないでしょうね。

でもずいぶんきつい態度には出たんだよ。あとでときどき後悔するくらい。

あれはべつに……

……彼のせいじゃなかった。彼女の義理の家族のせいでもなかった。それはわかってる。僕も心のどこかではわかってるんだと思う。そんなにしないうちに彼女からも手紙が来て、同じようなことが書いてあった。もし誰か責める人間を探すとしたら、わたし以外にはいないのです、そう書いてあった。

マックスは身を乗り出した。

僕、いま、あれはべつにあなたのせいじゃなかったって言おうとしてたんです。

そうか、とノアは言って、少しのあいだくっくっと笑った。彼女もそう言っていたよ。そのあと、空飛ぶシャベルがどうとか、黄金の甲羅をした巨大亀だとか、そんなことが書いてあったな。結局、いずれは同じようなところに行きつくんだろうな。


これは別バージョン。一対ずつから成る集合、というのが箱舟の構想の核にあったのだから、わずかに歪んだ鏡に映る像のごとき、もう一人のノアがいたのである。こちらのノアも、神に命じられて十分立派な船を作ったはいいが、なぜかこっちの箱舟にはいかなる動物もやって来なかった。妻も子供も来ないので、丘や谷間を探し回ったところ、彼がかつて知り、愛したものたちはみな消えてしまっていた。というわけで、大雨が降り出して洪水がはじまったときも、このノアはたった一人持ち上げられて海を運ばれていった。もう一人のノアと同じにこのノアもあの四十の昼と夜を過ごしたけれども、孤独のうちに過ごしたためそれは百倍長く感じられた。とうとう雨が止んで、太陽が顔を出すと、大きな深い海を何日も漂い、じきにまた呆然たる絶望のなかへ墜ちていった。そしてある朝、あてもなく甲板に座っていると、一羽の鳥が近づいてくるように思えた。それはくちばしにオリーブの小枝をくわえたカラスだった。腹も減り、すっかり混乱していたせいで、もう一人のノアには明白と思えたであろうことにもこのノアは気づかず、疲れはてた鳥を甘い言葉でおびき寄せ、殺し、羽根をなかばむしって、食べてしまった。食べ終わると船室にこもって、たちまち不思議な、底なしの夢のなかへ落ちていったため、はるか水平線の彼方に、自分の船とよく似たもう一隻の、帆をすっかり掲げたばかりの船が現われたのを見はしなかったし、その甲板から上がった驚嘆の叫び声を聞きもしなかった。

表では常夜灯も自動的に切れて、小さな凍りついた窓を通っていま入ってくる光は弱々しい灰色。ノアはさっき面を手にとり、目のないその表情にしばらく見入ったあとに、ひっくり返して顔につけた。面をつけたノアは、自分の姿を想像してみる。奇妙な、悪魔が憑いたみたいな顔の老人が、鋸、ロープ、梯子を手に畑を渡って、木のなかへのぼって行く。

台所で倒れる前日、ヴァージルは軽く火照った目でベッドに横になり、その深い沈黙から抜け出て声を発し、ノアに向かって、わしが言ったことはみんな忘れなさい、道案内はちゃんとしてもらえるから、と言った。葬式のあと、ルービーはノアの腕に寄りかかり、一緒に庭に立ってがらんとした畑の向こうを見ながら、この農場を離れないでくれと言った。ノアはあるテレビ番組を思い出す。一人の老人が、いくつもの長旅を経て、かつて長年暮らした家に帰ってくると、出迎えたのは、生涯にわたって彼が愛し、失ったすべての人々の、翼の生えた姿だった。老人がそのうちの一人に、どうしてよそではなくここで自分を迎えたのかと訊ねると、青い翼を生やしたその女性は、だってあなたよそではどこにも見つからなかったんですものと答える。

　どうして私を見つけたいと思ったんだい?と老人は問う。

あたしたち、あなたに知らせたいことがいろいろあるのよ、と女は答える。

窓辺に立っていると猫が一匹すり寄ってくるが、いまはそれも無視して、ノアは何エーカーも続く白さを見やり、想いをまた木へと戻してゆく。大きな鋸は寒さで青光りし、ノアのごつい三つ指と四つ指の手袋では持つのも一苦労だ。一本目の枝を半分切ったあたりで一息入れている自分自身の姿をノアは見る。せわしない息が湯気に変わるのが見え、下で電線がぶーんと揺れているのが見える。ノアはロープを調整して、面を外し、冷たい澄んだ空気を大きく吸い、それから、体が落下するに任せる——どすん、と木の上か木の下にたどり着く。


いいか、よく聞くんだぞ。

ノアはうなずいた。二人は切り株に座って、トラクターが湯気を立てるのを見ていた。

重ね書き羊皮紙《パリンプセスト》というのが何なのか、話してやったことは覚えてるな?

話してくれたことなんかないよ。

話したとも、でもまあいい。要は、何かをつき抜けて別の何かが現われるってことだ。そう言われると何か思いあたるか?

ノアは彼の顔を見た。

話してくれたことなんかないよ。

わかったよ、まあいい。医者のいない町の話を読んだことがある。そういう法律なんだ。病気になった者はすべて町の中央に横たえられ、通りかかった人たちがみな立ち寄って、自分も同じように患ったことがあるか、あるとすればどうしたか、みんなからどんな忠告をもらったか、言ってやらないといけない。それでだ、そういうやり方から鶏が孵《かえ》ったか卵が孵ったか、そいつはわしにはわからん、だがわしにもわかるのは、病気の人間がそうやってそこに横たわるのを終えたとき、そいつは回復に向かっていたか、そうでなかったか、そのどちらかだったということだ。つまり、だいたい五十パーセントははっきりしていて、五十パーセントはそうでないということだな。そしてこれもまた、わしがこれまで知ってきたことと一致する。すなわち、いままでいろんな歴史や寓話を読んできたが、結末に至り、話をそのままの場所に——すなわち闇のなか、薄闇のなかに——置き去りにもせず、かつすべてを小綺麗にまとめようともしない話には、いまだかつて出会ったことがない。で、そういうこと自体、小綺麗ではない。そしてどうしたら小綺麗にできるのか、わしにはわからない。

ヴァージルは大きく息を吸い込んだ。

わしはあんな立場に身を置きたくなかったんだ、自分から望んであんな立場に立ったんじゃないんだ、でもとにかくそうなってしまったんだ、そしてもし、この世では時にそういう願いも叶うと聞いているとおり、もしもう一度すべてをやり直せるとしても、今度は違ったことをするかどうか自分でもわからない、彼女が起こしたあの火事と、何であれそのほか彼女のなかで燃えていたものは、とにかくあまりに熱かったんだ。といってもべつに、あの阿呆のゴールトンの劣性論だの何だのに賛成だというんじゃないぞ。健全さという名のもとに、ああいう施設でどのようなことが起きうるか、そして実際起きているか、世間でも知られている嘆かわしい、実に嘆かわしいもろもろの話はむろんわしも承知している。お前はかねがね、わしがそうした話にも平気でいられる冷血漢だという印象を抱いているようだが、その考えは改めてくれないといかん。あのとき彼女をもっとよい環境に置いてやるすべはなかったのであって、いまもないのであり、とにかく何らかの環境に入れぬわけには行かなかったのだ。お前だって承知しているだろう、明晰なときの彼女は、栓を全開にしたガスの炎のように明晰であって、その彼女本人、わしらの採った手段を一度ならず是認してくれたのだ。お前宛の手紙にもそう書いてきたし、わし宛の手紙にもそう書いてきた。何か反論はあるかね？

ノアは何も言わなかった。

だが済まないとは思っている。すべてに関して、済まないと思っている。まず何より、監護権を放棄して、向こうの家族に彼女を引き渡してしまい、そして向こうがお前を閉め出すという方策を選んだことを済まなく思う。何度も何度も済まなく思ってきた。家を留守にして遊び回っていたときと同じようにな。お前の母さんもあのときはわしを憎む一歩手前まで来たんだ、はっきり面と向かってそう言われたし、顔面をひっぱたかれて、燃える薪の山に帽子を投げ捨てられもした。

燃える薪の山に?とノアは言った。

ヴァージルはうなずいた。

遊び回って友だちや女の人とトランプやるのが、オーパルがやられたことと同じだってわけ?

ヴァージルは首を横に振った。

そういうことを言ってるんじゃないし、お前だってそれくらいわかるだろう。先を話そうか、それともお前の方から何か言うか?

続けなよ、とノアは言った。

とにかく、母さんを責めるわけには行かなかった、お前がわしのことをどう思っているにせよお前を責めるわけには行かないのと同じにな。

それって質問してるの?とノアは言った。

答える気はあるかね？とヴァージルは言った。

ない。

じゃあ、いい。それでだ、わしがいなくなったあとお前の母さんはこの一件に関し違った見方を出してくるかもしれんし、そもそもわしだって一時間したら考えが変わるかもしれん、だがとにかくいま、いまこの瞬間は、もう一度言うぞ、お前の生涯ずっと、そしてわし自身の生涯ほぼずっと言いつづけてきたとおり、もし何か理解というに近いものをお前が求めているのなら、そしてお前がまさにそういうものを求めているとわしは思っているわけだが、もしそうなら、息を詰めて待ったりはしない方がいいぞ、かりに何か重要な幽霊だか幻影だかがあそこらへんの雲なりそこの切り株なりお前の母さんが台所のカウンターの上にいつも置いている乾いたツルウメモドキの実を入れたカップなりから現われて答えの鍵を渡してくれるとしても、たぶんその答えは、ヒッタイト語の一方言で書かれた聖なる文言集とか中国語で書いた星々の地図とかみたいにちんぷんかんぷんの暗号で書かれているだろうからな。


ルービーはこれといって大した見方も出してこなかったが、ヴァージルの死と彼女自身の死のあいだの短い期間、人々がやって来るようになると、季節に応じて温かいコーヒーかレモネードをみんなに出してやり、それから聖書と、極力ニュース（特に天気予報）かクイズ番組に合わせたテレビに戻っていった。

ノアは彼らと一緒に裏手のポーチか台所か玄関前の石のベンチに座った。最初に来たのはキャロル郡に住む、ローガンズポートに三か月入っていた経験のある元カボチャ農夫で、あといったい何時間したら「上の階に上がって主と一緒に過ごせるのか」を知りたがり、わからない、とノアが正直に答えると、二人はただそこで一緒に座って道路を眺め、カボチャ農夫はノアに、いとこの女房の伯父から四十ドルで買っていまでは四千ドルの値が付いているトラックの話をした。次はフランクフォート葉巻会社で働く、姉の友人の女性に頼まれてやって来た男で、その女性が「氷の上で」見失った息子のことを男は訊ね（このときは、黙っていたが、実はノアには何かが見えた――小さな、異常なほど丸い、凍った顔）、その次は、結婚式の靴をはいて歯に絶縁テープを貼った女だった。

あの娘《こ》なら知ってるよ、と女が帰ったあとにルービーは言った。リティシア。前は綺麗な声をしてたんだよ。真珠みたいに綺麗な。みんなそう言ってたね。あたしのいとこのエラの教会で歌ってた。何て言ってやったんだい？

ノアは肩をすくめた。ルービーはうなずいた。

みんなオーパルに教わって来てるんだね。オーパルがあんたのことみんなに話してるんだね。あんた、だからやめずに続けてるんだろ。みんなまだまだ来て、あたしはそのたびにレモネードを出してやるんだね。いっそ有料にしようかね。


ルービーはレモネードを有料にはしなかったし、これがしばらく続いて、オーパルはじき帰ってきますよ、と彼らが時おり言ったにもかかわらず（「こないだ見たときはスーツケース出して玄関先に座ってたよ」あるいは「話すたびにこの農場のこと聞かされましたよ」あるいは「『風が吹くと綺麗なのよ』とか『夏に散歩すると背の高い草が手を撫でるのよ』とか言ってたね」）オーパルが帰ってこないとわかると、ノアはノックの音がしても玄関に出るのをやめた。

マックスはほかの連中よりずっとあとにやって来て（といっても州立病院から来たわけではなかった――少なくともまっすぐ病院から来たわけではなかった）が、ほかの連中よりずっと長くこの地域にとどまることになった。彼はノックの問題を、ノックしないという手段によって解決したのだった。

あなたに押しつけたくなかったんですよ、とマックスは言った。自分の息子を入れてやるかどうか、日々決めないといけないという重荷を。

オーパルがローガンズポートに連れ去られてから——それはトラック一杯に積んだ藁をノアがケンプトンに配達しに行っている最中のことだった——ノアは一日を、それから一晩を、さらに午前半分をサウスウッズで過ごした末に、スピアーズ家の人々に会いに行った。

私たちもこの問題には先日来かかわっていてね、と彼らは言って、ヴァージルが送ってきた手紙の小さな束をノアに見せた。このうち一番新しい手紙のなかで——と彼らはノアに言った——ヴァージルは、火事の一件と、以前のお手紙でも言及しました一連の事件から鑑みて、この問題に関し当局の手を煩わさざるをえませんでした、と彼らに告げていた。何通かの書類はヴァージル本人および彼ら家族の署名が必要で、彼らはそれに署名したのだった。

一連の事件って?とノアは言った。

このもろもろの手紙、読んで聞かせようか?

彼女の家族はこの僕だよ。僕だけだよ、彼女が持ってるまともな身寄りは。これが初めてじゃないんだよ、彼女がしばらく静養しなくちゃならなかったのは。それは君も知ってるだろう、ノア。少なくともこうすれば、彼女も世話を受けられるわけだし。世話？ あんたたち、あそこで彼女がどういうことされるか知ってるんでしょ？ ひどいことされるんだよ、いろんなひどいこと。

まあまあ落ち着きなさい、と彼らは言った。中へ入りたまえ、晩ご飯を作るから。それから君の父さんに電話してあげよう。

だがノアはもう歩き出していた。

午後十時前にハワード郡に着き、オークフォードの外れの道端の溝で横になって、しばらくぶるぶる震えて、いろんなことを考えすぎたが、やがて眠った。午前四時にはもうふたたび歩いていて、午前六時にはココモの外れで、「くたびれた丸パンと冷めたコーヒー」だけど、と出されたものをスティーヴ・シャンクスという男とともに朝食を食べていた。サウスベンドまで行くんだ、あすこのステュードベイカーでまた雇ってもらえるかどうか訊いてみるのさ、よかったら道中一緒に行こうじゃないか、とシャンクスは言った。二人は丸パンをもぐもぐ齧り、シャンクスが喋り、二人でしばらく歩いたが、かつてユニオンシティの外れでやっていた仕事やら「ちょっといい仲だった」可愛い女やらの話をシャンクスがえんえんやるものだから、いまあんまり社交的な気分じゃないから一人で行った方がいいみたいです、とノアは言った。

それで構わんよ、とシャンクスは言った。俺一人で二人ぶん社交的な気分だからさ。

ノアは肩をすくめ、二人は歩きつづけ、しばらくするとシャンクスに誘われてノアも喋り出した。

俺だったら、陰でそんなことやられたら親父を殺したかもな。

僕も考えましたよ、とノアは言った。

そうだろうな、とシャンクスは言った。

でもたしかに、彼女のせいで、僕ら二人とも危うく焼け死ぬところだったわけだし。

そうだけどさ、人の道ってものがあるだろう。

ノアはうなずいた。

彼女を出してやれると思うかい？

それを探りに行くんです。

ワイルドキャット・クリークの蛙たちがやかましく鳴くそばの、荒れはてたトウモロコシ置場で二人は眠り、アライグマが嚙んだトウモロコシや腐った板の向こうから枝を伸ばしているヒッコリーの木で仕事をはじめたカケスの小言で目を覚ました。ノアが目をぱちくりさせて相棒の方を見ると、シャンクスは陽だまりでぐうぐういびきをかいて横たわり、三分か四分の至福のあいだ自分が誰なのかもそこがどこなのかもわからなかった。だがそれも、滑らかに水の流れるクリークの水面にかがみ込んで自分の顔の薄暗い鏡像と対面するまでの話だった。朝食のことが話題になって、お金なら少しありますよとノアが言うと、なんだなんだそれならさっさとそう言えよ、とシャンクスは言って、雑草にすっかりやられた豆畑を二人でつっ切って、土と砂利の道をしばらく歩き、舗装された道路に出てバーリントンに入り、シャンクスの知っている朝食堂にたどり着いた。

お先にどうぞ、社長、とシャンクスが言って、二人は席につき、ダーリン、とシャンクスが呼び、俺あの娘《こ》に惚れてんだよとノアに打ちあけたウェートレスが、玉子と丸パンにソーセージの肉汁を添えて持ってきた。

俺、大柄の女が好みなんだ、とシャンクスは言った。

ノアは玉子を一切れ口に入れて、丸パンを続けて入れ、嚙んだ。

ちゃんと金を払うんだから、とシャンクスはゆっくりしていきたがったが、もう行かなくちゃとノアは言った。

それなんだけどさ、とシャンクスは言った。あんた、そこへ行かなきゃならなくて、ちゃんと金もあるんだったら、どうしてもっと楽な行き方しないんだい？

うちにはトラックがある。それを使ってもよかったんだ、とノアは言った。

シャンクスはひゅうっと口笛を吹いた。トラックがあって、金があって、それでわざわざトウモロコシ置場で寝て靴すり減らしてるのか。

これから何をするか、まだよくわからないんだよ。

何をするか?とシャンクスは言った。そこにカミさんがいるわけだろ。そこ行って、書類にサインして、カミさんを家まで連れ戻したらあんたの父ちゃん殺すんだろ、ついでに母ちゃんも殺すのかな。

込み入った話なんだよ、とノアは言った。

込み入った話! ダーリン、コーヒーもう少しくれるかい。こいつときたら、金があってトラックがあって、込み入ったとか言ってるんだぜ。

ウェートレスはやって来てコーヒーを注ぎ、カウンターの向こうに戻っていった。シャンクスは一口飲んで、満足げなうめき声を漏らし、それから深々と椅子に身を沈めて、あんた、法律上厄介なこととかになってないよな?と言った。

それについては話したくないとノアは言った。

わかるよ、でもよかったらもう少し詳しく教えてもらえないかね、せっかく出だしは聞かしてもらったんだし、あんたがお上に追われてる身なんかじゃないってことは知っときたいんだ。

僕、何もしてないよ、いまのところはまだ、とノアは言った。

じゃあ問題ないさ、とシャンクスは言った。

二人はしばらくコーヒーを飲み、シャンクスがウェートレスにちょっかいを出し、彼女に謝り、謝罪が受け容れられたことにつけ込もうと企て、危うくひっぱたかれそうになり、新たに注文を出して、無視され、キスゲをめぐる歌を歌い、そろそろ行こうかと言った。

ちょっとした条項《パティキュラー》を勘定に入れないといけないんだ、とノアは言った。

条項？

どの書類も、法律上有効になるためには、僕の父さんと彼女の家族の署名が要るようにしてある条項。

どういう条項だい、それって？

健康に関する条項だよ。僕の挙動と関係あるんだ。

シャンクスは大きく息を吸い込み、興味をそそられた顔でノアを見た。

あんた、気がふれてるのかい？　頭のネジが外れてるわけ？

だから筋が通らないっていうのさ、僕じゃなくて彼女を連れてくなんて。僕ら二人とも連れてくなら、まだしもわかる。

あんた、暴れたりするわけ？とシャンクスは言った。いろんな物めちゃくちゃに壊して、月に吠えたりするの？

ものが見えるんだよ。

どんなふうに?

それに発作も起こす。

俺のこと、からかってんの?

ばったり倒れて、どこにいるかも忘れてしまうんだ。そういうのは特別な状態なんだよってヴァージルには言われてる。お前には他人にないものがあるんだよって言うんだ。でもそんなの違う、ただとことん狂ってるだけだよ。生まれた日からずっと狂ってたんだ。

ヴァージルってのが、殺そうとしてる奴か?

殺そうとなんかしてない、もうそんな話よしてくれよ。

それが一番賢明だな、殺したって面倒招くばっかりさ。

あんた、人を殺したことある?とノアは訊いた。

まだない、とシャンクスは言った。

ノアはうなずいた。二人は歩いた。ノアはヴァージルのことを考えた。シャンクスは口笛を吹いた。そしてインディアナの自動車産業に関してひとしきり演説をぶってから、どういうものが見えるんだいとノアに訊ねた。

いろんなものだよ。たいていはどうでもいいこと。過去にも起きなかった、未来にも起きないこと。ただの絵空事。

二人はもうミシガン・ロードに出ていて、ウィーリングに向かっていた。車が通るたびにシャンクスは親指をつき出したが、一台も停まってくれなかった。

絵空事ってのは気に喰わんなあ、全然気に喰わん、とシャンクスは言った。あんた、俺のこと何か見えた？

ハチドリが好きでしょ、とノアは言った。

参ったな、そのとおりだよ。母ちゃんがハチドリびいきだったんだ。赤い皿に砂糖水入れてさ。俺、プリマスの外れで野宿してたらハチドリが鼻の頭に止まって。それだけ？

それだけ。それだって大したことないよね、あの店であんた、あの娘《こ》のこと「俺の可愛いハチドリちゃん」とか言って口説いてたもの。

あ、そうか……とシャンクスは言って、あははと笑い、自称「口説きのダンス」を踊ってみせ、二人は先へ進んだ。本当に見えたことをノアは彼に言わなかった。二度と見えないでほしいと思ったし、それが現実になりませんようにと願った。

その夜二人は、クライマーズのすぐ北のナラの木立にねぐらを定めた。ささやかな焚き火に小枝を投げ込み、熱と煙にもめげない蚊をはたきながら、ノアはオーパルのことを少しずつ打ちあけた。彼女がすごく賢くて、それをみんなが「違っている」と呼ぶこと、それから、ハナミズキの木から彼女が花を全部むしり取ったこと、そしてもちろん火事のこと。正直ぞっとしたよ、いま思い返してもまだ少しぞっとする、うしろでドアから煙が出てるのにただ食卓に座ってたんだ、とノアはシャンクスに言った。

火事に遭ったことはないな、とシャンクスは言った。どんな感じだい？

どんな感じって？とノアは言った。

今度はシャンクスが、彼の最愛の人のことを打ちあけた。この「すごい大柄の娘《こ》」は、いくら悔やんでも悔やみきれないことに、乾物屋の親爺と結婚してしまい、この意地の悪い爺さんときたら、シャンクスが店でせいぜい「一度か二度眺めてた」だけで——愛しのルシーラは平日の午後に壜からスプーンでジャムをすくって口に入れつつ店番をしていたのだ——文句をつけてきたのだった。亭主には邪魔されたものの、シャンクスはなおも求愛に励み、その甲斐あって、ある日の午後、亭主が地下室で在庫を調べている最中、今日の晩に公園に来てちょうだいとルシーラに言われた。「かぐわしい香水に包まれた、見目《みめ》麗しい」ルシーラが公園に現われず、代わりに夫の知人である四人の説得力ある紳士が現われたことも、「俺のあの娘」をめぐるシャンクスの思い出を少しも否定的に染めてはいなかった。

その人が結婚する前、あんたどれくらいのあいだつき合ってたの？

シャンクスはため息をついて、ぼんやりと逆剝《さかむ》けを噛んだ。

事実を言えばだな、要するに、遠くから眺めて、ちょっと喋っただけさ。彼女がフルーツパーラーでいろんな男たちと仲よくしてるのをただ見ていたのさ。口をきいたのは一度か二度だけだ。つき合うなんてほどのものじゃなかったよ。

二人は話しつづけた。少なくともシャンクスは。インディアナはアメリカで最高の州だよ、とシャンクスは言い、いまこうしてるとそれほどよくも思えないけどなとノアは言って、どうしてそう思うのと訊いた。

どうしてインディアナがアメリカで最高の州か？

そう。

シャンクスは肩をすくめた。

さあなあ。故郷だからな。ここから出られるわけじゃないし。だいいち、いい名前じゃないか、そうだろ？

インディアナ、とノアは言った。

インディアナ、とシャンクスも言った。

焚き火が消え、また燃えた。コウモリだろうか、何かが木々のあいだを抜けていくのが見えた。そういえばこんなのあったな、とシャンクスは言って、髪にコウモリがいるインディアナの女性をめぐる歌を歌い出したが、じきにやめた。

べつにいいんだよ、とノアは言った。〔※「髪にコウモリがいる」は「気のふれた」の意〕
うん……とシャンクスは言った。
先を歌いなよ、とノアは言った。

翌日の正午近くに二人はローガンズポートに着いた。この町にはな、著名な自動車製造所がひとつならずあるんだぞ、ヴィクター・ベンティクスの有名な工場も何を隠そうここにある、とシャンクスはノアに講釈した。

しばらくしたらどっかの工場覗いて様子見てみるかな、とシャンクスは言った。

いいね、とノアは言った。

つまり、まずあんたの方を片付けてからさ、とシャンクスは言った。

ありがとう、気持ちだけで十分だよ、とノアは言った。

腹減ったかい？

それどころじゃないと思ってたんだけど、減った。

クリームコーンとテンダーロイン・サンドの昼食を済ませたあと、もう肚《はら》は決まったかいとシャンクスに訊かれると、まあとにかく行ってやってみるよとノアは言った。やってみる最中に仲間は要るかいとシャンクスは訊いてくれたが、一人で行く方がいいと思うとノアは答えた。

出かけてく前にまずは髪をとかして石鹼使った方がいいかもな、とシャンクスが言った。医者とかああいう連中は狭量《パティキュラー》だから。

また出てきたね、その言葉、とノアは言った。

ああそうだな、とシャンクスは言った。

ノアはその場でシャンクスに礼を言い、相手が中途半端に止めるのを無視して、ポケットに手を入れて有り金の半分を差し出した。

そんなにもらっちゃ悪いよ、とシャンクスは言った。

僕には要らないんだよ、とノアは言った。

どのみちさ、これって厳密には僕の金ってわけでもないんだよ、とノアは言った。いずれは返せって言われるだろうし、返せって言われても持ってなけりゃ返せないわけで、それはそれでいいんじゃないかな。

アーメン、とシャンクスは言った。

アーメンなんて関係ないんじゃないかな、とノアは言った。

うん、ないだろうな。

二人は握手して、シャンクスはまたちょっとしたダンスをやってみせ、それからぺこりとお辞儀して、じゃあな、うまく行くようにな、とノアに言った。

豪華な食事と清潔な設備を誇る小さなホテルにノアは部屋を取り、シャンクスの忠告に真っ向から逆らって身なりをさらにむさ苦しく乱してから病院に出かけていき、その後毎日、彼を入れぬよう警備員が指示を受けるまで、一度などある医者が書類の山から目を離そうとしないのでその山の真ん中にげんこつを叩きつけたりしながら、オーパルの代わりに自分を収容しろと医者たちをせっつきつづけた。

僕は彼女の夫なんだぞ、とノアは言った。

一連の事情は私どもも十二分に認識しているのです、ミスタ・サマーズ。

せめてもう一度会わせろ。彼女に会いたい。

現段階ではそれはお勧めできません、ミスタ・サマーズ。

お勧めできるかどうかなんてどうだっていい。

お勧めできないというのは、ミスタ・サマーズ、現段階では不可能であるということです。ミス・スピアーズの状況は非常に、非常に深刻なのです、そのことはあなたご自身もご覧になったはずですし、私もただいま力説したとおりです。

薬だの何だの、無理矢理やってるんだろ。

私どもは州で最良の回復設備を提供しておりまして、行き届いたお世話をしてさし上げることは私自ら保証いたします。期間につきましては、ミスタ・サマーズ、必要とみなされる限りということでございます。ミス・スピアーズのご家族とともに後見権をお持ちであるあなたのお父上が……

後見権なんて知ったことか。彼女は結婚してるんだぞ。僕と結婚してるんだ。本物の結婚だったんだ。十分本物と同じだったんだ。今すぐ会わせろ。

ミスタ・サマーズ、どうかお願いですから……

その夜、警備員たちに病院の敷地から連れ出されたあと、ノアは小さなホテルの部屋の窓に頬を押しつけて座り、表の通りと、その向こうにある照明を施された建物を眺めていた。すぐ下で、若い身なりのいい女が車道に出て、走り出そうとする車に手を振っていた。女はそこに立って寂しそうに手を振っていたが、やがて車がいなくなってしまうと、くるっと向き直って、歩道に向かって二歩歩み、そのままゆっくり三歩目を踏み出すかと思いきや、そこでいったんうしろをふり返って、またぴんと背をのばし、声を上げて笑い、およそ意外な、ノアにはおよそ理解不能な――それを言えばここまでの経過ほとんどが理解不能だったのだが――元気さでもってぴょんと歩道に飛び乗ったものだから、ノアはまるで平手打ちでも喰らったみたいに窓辺を離れ、暗い部屋の奥に退散した。部屋の隅で、彼はじっと、ぴくりとも動かずにうずくまった――その後何か月も（オーパルの家族からの要請に応えた公式の命令によって、妻に、何年もあとにマックスという名の背の高い男がやって来て家の横手のドアをノックしたときにようやく知ったとおり彼の子を腹に宿していた妻に会うことを妨げられて）家に戻って暗い納屋に引きこもり、床が落ちている、どの床も、すべての床が落ちている、自分も一緒に落ちているという想いに苛まれながらやはりうずくまることになるのと同じように、その暗いホテルの部屋の隅にうずくまっていた。翌日、病院から電話を受けたヴァージルが迎えにくると、ノアは悲鳴を上げてみたが、長くは続けられなかった。父が彼の両肩を押さえて身を寄せ、しーっ、とささやくと、すぐに大人しくなった。ずっとあとに、夜中にふと目覚めて、もう一度悲鳴を上げてみたとき、今度は続けることができたが、そのころにはもう——どのみちじきに黙ってしまったけれど——彼の悲鳴を聞き届けたかもしれない人々はもうみんないなくなってしまっていた。

いとしいノア

早く来てください。何もかもがとてもキレイです。インディアナはキレイです。ライラックの咲きみだれるインディアナ。あぜ道からホタルが飛び立ちトウモロコシがそだつインディアナ。きのうの夜わたしは、ここのちいさな中にわに石けんがいっぱいあるユメを見ました。そのうち雨がふってきて石けんのシャボン玉が上がってみんなすっかりキレイになってそのあとモーゼがそのことを書きました、長い、長いおはなしを書いてそのあいだわたしたちは腰がだんだん太くなってズガイコツがどんどん細くなって、そのうちに誰かが誰かを送ってよこしてわたしたちの絵を土でかいて、それからみんな古くなった自分の顔をはずして、どこかにかくして、それから立ちあがってこがね色のひろいひろい野原をいつまでもかけていきました。

元気で、オーパル

七時にノアはつかのまの、夢も見ない眠りから目覚め、なぜか自分でもわからないがにっこり微笑む。微笑みながら、立ち上がって上着のボタンを留め、面を外して、部屋の向こうまで行き、面を引き出しのなかの肉包み紙の上に置いて、その隣にある顔の額に触れ、引き出しを閉める。それから背中をぴんとまっすぐのばして、鋸を引っぱって下ろし、ストーブの前に戻って椅子に腰かける。今回は眠らない。鋸を両手に抱え、面は引き出しのなか、オーパルの面の隣に戻したいま、ノアはまたも、何かひどく老いたものに乗っている感覚に襲われる——彼には見えない、今後もずっと見えないだろう、だがいまにも駆け出そうとしている何かに乗っている感覚に。ノアは目を閉じて、大きく息を吸い込み、そうしながら、オーパルと二人でボートに乗って黒々とした水の上を進み背後で男が歌を歌っていたときのことを思い出す。ゆるやかなカーブにさしかかると、男は二人とも知っている歌を、月光と川をめぐる歌を歌い出し、二人は目を合わせて身を寄せあってから、男と一緒に歌い出したのだった。ノアは彼らと一緒に歌い出す。

子供だったころ、ある年のカウンティ・フェアでノアは紫色のテントに一人で入っていき、手相を見てもらった。手相見師はよその学区に住んでいる年上の女の子で、ノアの顔をじっくり見てから、片手の内側に触った。それから、不自然なくらい太い声で、あなたはいつの日か一流のフットボール選手になるでしょうと言った。不思議なことに、フットボール選手になりはしなかったけれど、何年かが経って、最初の一本は手斧でそれからあとはコンバインで指をなくしていき、何も変わってはいないのに人生の何もかもがおかしくなってしまったように思えたとき、ノアはただちにその手相見師のことを思い出した。二度目の事故のあと、ノアは彼女を探してみた。だが彼女の母親が言うには、高校を出てすぐ彼女は郡を去り、そして――やっぱりそうだろうな、とノアは思った――以来何の消息もないということだった。

訳者あとがき

ここ二、三年に出会った現代アメリカ作家のなかで、これだと思った人は三人いる。一人は、すでに第一作が邦訳されている（『スペシャリストの帽子』、ハヤワカ文庫）、おとぎばなしや映画などを独自の幻想譚に夢見直してみせるケリー・リンク。もう一人は、死者が生者の街を訪れるプロローグにはじまるものの、本篇はむしろすべての人があらかじめ死んでいるかのような不思議な雰囲気をたたえた街で奇怪な出来事がつぎつぎ起きる *The Artist of the Missing*〔※のち『失踪者たちの画家』として中央公論新社より刊行、拙訳〕でデビューし、二作目 *Haussman* では一転、パリの都市改造を指揮した実在の人物ジョルジュ＝ユジェーヌ・オスマンを主人公とする（やはりかなり不思議な）擬似歴史小説を書いたポール・ラファージ。そしてもう一人は、一人の男が抱え込んだ喪失感と悲哀を、回想や手紙を織り込みつつ叙情的な文章で綴ったこの『インディアナ、インディアナ』を書いたレアード・ハントである。三者三様、それぞれ素晴らしい作品を書いているが、情感に直接訴えるという点ではこの『インディアナ、インディアナ』が一番だろう。

ノアという名の、おそらくは年老いた、おそらくは精神をいくぶん病んでいる男が、一人で農場に住んでいる。どういう関係なのか、マックスという青年が時おりやって来る以外、ノアはおおむね追憶のなかで生きている。父と母はもう死んだらしい。同じくもう死んだように思える、オーパルという名の女性からの手紙がしばしば挿入され、オーパルもやはり精神を病んでいたらしい……。

切れぎれの回想、現在のノアの心理、オーパルからの手紙、ノアの父ヴァージルや母ルービーをめぐる一連の奇妙な逸話等々が一見脈絡なく並べられ、事実関係はにわかには見えてこない。だがそれは少しも問題ではない。事実は見えなくても、ノアの胸に満ちる強い喪失感は、一ページ目からはっきり伝わってくる。その静かな哀しみが、ノアと猫たちとのどこかとぼけたやりとりや、ノアの父親ヴァージルのやたらと衒学的な物言いなどから浮かび上がる淡いユーモアと絶妙に混じりあい、それらすべてが、文章教室的規範から逸脱することを恐れない自在の文章で語られることによって、この作品を、昨今の小説には稀な、とても美しい小説にしている。

こう書くと、レアード・ハントという作家が、知の人というよりは情の人であるという印象を与えそうだが、その点は急いで訂正しておかねばならない。むろん情に欠けているわけでは全然ないが、『インディアナ、インディアナ』に先だって刊行された長篇第一作 *The Impossibly* (2001) では、きわめて大胆な語り方を導入していて、そもそも主人公がどういう仕事に従事しているのかもなかなかわからないような書き方になっている（それを発見することもこの作品を読む楽しみのひとつなので、内容については触れないでおく）。短篇などでも、一つひとつまったく違ったスタイルを使っているし、実は方法に関して非常に意識的な書き手である。いまアメリカでもっともイキのいい評論誌 *The Believer* の昨年〔※二〇〇五年〕十一月号でも、*The Impossibly* を実験小説の系譜のなかに位置づけて幅広く論じ、ベケットやカフカとも結びつけた長文の評論が載った（Mark Kamine, "In Defense of Difficulty"）。ただしこの評論の著者は——何しろ「難解さを擁護して」というタイトルをつけるくらいだから——第二作『インディアナ、インディアナ』はややわかり易くなった分だけ落ちると評しているが、僕は全然そう思わない。むしろ、一作目で発揮された高度な語りの技術を存分に活かしつつ、かつ感情にもじかに訴える作品になっている点、一作目以上に（いや、一作目もすごいんですが）素晴らしいと思う。「風変わりで、独創的で、ずば抜けた才能——レアード・ハントは今日もっとも有望な若手アメリカ作家の一人である」とは『インディアナ、インディアナ』の表紙に載ったポール・オースターの推薦文だが、まったく同感である。

レアード・ハントは一九六八年、シンガポールに生まれた。インディアナ、ソルボンヌで学び、作家になる前は意外にも国連の報道官として日本、フランス、イギリスなど各国を転々としてきた。現在はコロラドに住んでデンヴァー大学で教えながら創作に携わっている。写真を見ると眼鏡の優男風だが、テコンドーの黒帯所持者でもあるとのこと。日本については、九〇年代前半の一年半を熊谷と川崎で過ごし、大変よい印象を持っていて、そもそも真剣にものを書きはじめたのも日本に住んでいた時期だった、とメールで知らせてくれた。そういうこともあって、この本が日本語に訳されたことを、ハント氏は大変喜んでくれている。

次作の刊行もすでに決まっていて、第三作 *The Exquisite* も、第一・二作と同じく、小さいながら良質の小説をコツコツ出しているコーヒーハウス・プレスから二〇〇六年十月に刊行される予定。これはドイツ人作家W・G・ゼーバルトの『土星の環』（邦訳白水社より今年刊行予定）にインスパイアされた作品だということで、『土星の環』は僕も大好きなので非常に楽しみである。だがまず、それ以上に、この『インディアナ、インディアナ』が、日本でどのように読まれるか、反響がとても楽しみである。これは単なる勘だが、この小説に流れている悲哀感は、アメリカよりもむしろ日本の読者の方が反応してくださる方が多いのではないかという気がする。叙情的で、きめ細やかで、幻想性もごく自然に取り込み、意外なところにユーモアが顔を出す、その美しさを多くの方に味わっていただければと思う。

二〇二三年版のための訳者あとがき

アメリカの西海岸のどこかの本屋で、Laird Hunt, *Indiana, Indiana* と知らない著者名と不思議な書名が書かれた印象的な表紙の本を見かけて以来二十年が経った。そういうちょっとした節目の年に、ignition gallery から『インディアナ、インディアナ』を復刊してもらえるのは感慨深い。しかも本国アメリカでも、二十年前に *Indiana, Indiana* を刊行した Coffee House Press から、今二〇二三年の三月にペーパーバック版が出る。太平洋の両側でこの名著が同時に復活するのはとても嬉しい。

二十年のあいだにいろんなことがあった。デンヴァー大学で教えていたレアードは二〇一八年から、それまでブライン・エヴンソンが教えていたブラウン大学のポストを引き継いだ（ちなみにエヴンソンはそれまでスティーヴ・エリクソンが教えていたカリフォルニア芸術大学のポストを引き継いだ)。二〇一五年にレアードは郡山で開かれた古川日出男主催『ただようまなびや』の講師を務め、その温かい人柄で参加者を魅了した。その講義を元にして生まれた著書『英文創作教室』(研究社)は、英語であれ日本語であれ小説をどう書いたらいいかを実践的に論じた、まさに創作意欲を刺激してくれる本である。

しかし何といっても大事なのは、レアードがその後七冊の長篇小説を出し(うち二冊、*Kind One* と *Neverhome* は邦訳を出すことができた)、その一貫した質の高さと独創性ゆえに、いまや現代アメリカの最重要作家の一人となっていることである。『インディアナ、インディアナ』以降の著作を挙げる。

The Exquisite (2006)
Ray of the Star (2009)
Kind One (2012)『優しい鬼』(柴田元幸訳、朝日新聞出版)
Neverhome (2014)『ネバーホーム』(柴田訳、朝日新聞出版)
The Evening Road (2017)
In the House in the Dark of the Woods (2018)

大まかに言って、*The Exquisite* と *Ray of the Star* は幻想的な雰囲気が濃く、書き方も実験的だったのに対し、*Kind One* 以降の作品は、アメリカの歴史の見逃されがちな部分に目を向け、忘れられた声を取り戻そうとする（あるいは新たに見出そうとする）姿勢が顕著である。『インディアナ、インディアナ』との関係で興味深いのは、目下の最新作で、全米図書賞の最終候補作ともなった *Zorrie* である。『インディアナ、インディアナ』をすでにお読みになった方は、「ゾリー」という名前に何となく覚えがあるのではないか――そう、『インディアナ、インディアナ』に「チョイ役」で出てきた人物に焦点を当てて、続篇というのとも違う、物語は一部重複するものの語り口も目の付け所もまったく違う作品をレアードは書いたのである。これもいずれぜひ日本で紹介したい。

このほかに、二〇一九年には *American Midnight* と題した、定番と掘り出し物を絶妙にブレンドしたアメリカ怪奇小説のアンソロジーを編んでいる。また、*Indiana, Indiana* ペーパーバック版が出る二〇二三年三月二十一日には、同じ Coffee House Press からエッセイ集 *This Wide Treacherous World: Essays in Fiction* が刊行される。

今回の『インディアナ、インディアナ』復刊は、こんなに素晴らしい本が絶版になっているのはもったいなさすぎます、うちで出させてくれませんか、とignition gallery / twililightの熊谷充紘さんが申し出てくださったおかげで実現した。あつくお礼を申し上げる。それと、いつもながら美しいデザインをしてくださった横山雄さんにも。

この新版で、より多くの皆さんが、レアード・ハントの素晴らしさを知ってくださいますように。

この本は二〇〇六年に朝日新聞社から刊行された。
復刊にあたり、本文組みなど一部修正している。

レアード・ハント
Laird Hunt

一九六八年シンガポール生まれ。少年時代に祖母の住むインディアナの農場に移り、ここでの体験がのち小説執筆の大きなインスピレーションとなる。これまでに『インディアナ、インディアナ』『優しい鬼』『ネバーホーム』（以上、邦訳朝日新聞出版）、*The Evening Road* など長篇九冊を刊行。『ネバーホーム』は二〇一五年フランスで新設された、優れたアメリカ文学仏訳書に与えられる Grand Prix de Littérature Américaine 第一回受賞作に。最新作 *Zorrie*（2021）は全米図書賞最終候補となる。現在、ブラウン大学教授。

柴田元幸
Motoyuki Shibata

一九五四年東京生まれ。米文学者、翻訳家。『生半可な學者』で講談社エッセイ賞、『アメリカン・ナルシス』（東京大学出版会）でサントリー学芸賞、『メイスン＆ディクスン（上・下）』（トマス・ピンチョン著、新潮社）で日本翻訳文化賞、二〇一七年には早稲田大学坪内逍遙大賞を受賞。文芸誌『MONKEY』の責任編集も務める。

インディアナ、インディアナ

本体価格二二〇〇円+税
二〇二三年三月二日 初版第一刷発行

著者 レアード・ハント
翻訳 柴田元幸
発行人 ignition gallery
発行所 twililight
東京都世田谷区太子堂四-二八-一〇
鈴木ビル三階 〒一五四-〇〇〇四
電話番号 〇九〇-三四五五-九五五三
装幀・装画 横山雄
印刷・製本 モリモト印刷株式会社

ISBN 978-4-9912851-1-0 C0097
ign-013 Printed in Japan

落丁・乱丁本は交換いたします
https://twililight.com/ mail@twililight.com